王莉 著

风烟俱净，岁月安好

文化发展出版社
Cultural Development Press

图书在版编目（CIP）数据

风烟俱净，岁月安好 / 王莉著 . －北京：文化发展出版社，2018.10
ISBN 978－7－5142－2467－2

Ⅰ.①风… Ⅱ.①王… Ⅲ.①散文集－中国－当代 Ⅳ.① I267

中国版本图书馆 CIP 数据核字（2018）第 250318 号

风烟俱净，岁月安好

王莉 著

出 版 人	武 赫		
主 编	凌 翔		
策划编辑	肖贵平	责任编辑	肖贵平
责任校对	郭 平	责任印刷	杨 骏
责任设计	侯 铮	排版设计	浪波湾

出版发行	文化发展出版社（北京市翠微路 2 号 邮编：100036）
网 址	www.wenhuafazhan.com
经 销	各地新华书店

印 刷	三河市华东印刷有限公司
开 本	787mm×1092mm 1/16
字 数	190 千字
印 张	13
印 次	2019 年 1 月第 1 版　2019 年 1 月第 1 次印刷
定 价	49.80 元
Ｉ Ｓ Ｂ Ｎ	978－7－5142－2467－2

如发现任何质量问题请与我社发行部联系。发行部电话：010－88275710

目　录

第一辑　把心放在低处

当时光精确到数字　002
把心放在低处　004
如果是花　迟早会开　006
把砂养成珍珠　008
春天不曾远逸　011
香从静中来　013
死：生命中的一个词条　016
2013，和生命跳一支舞　019
日染一瓣，则春深矣　022
老　树　025

第二辑　不在原地等待腐朽

不在原地等待腐朽　030
点亮心灵的灯盏　032
秋天，一朵玫瑰　035
让你的眼睛流溢欣赏的光泽　037
七彩坐垫　040
不是照亮，是点燃　043
向一株植物道歉　047
时光啊　你慢些　051
最美初心　054

第三辑　女子是好

女子是好　058
媚　060
清荷远观独寂寞　063
红颜旧　066
素衣白裳　069
自我倾杯　072

第四辑　心灵上空的幻影

如果我也老了　076
与花为伍　079
永远的沙枣树　082
残荷　084
心灵上空的幻影　087
盛夏　090
寸土之上　096
碎　102
浪漫　106
深秋，你奔向草原　108
风烟俱净　岁月安好　111
春光笺　113
在冬天的缝隙里　117
祭　120

第五辑　那时的月光

外婆，我给您点一支烟　126
不想让您再变老　128
那时的月光　130
父亲的红歌情结　132
潜藏在粥内的幸福　134
那手书的春联啊　137
秋日画境　139
那些岁月里的琐屑　142
阳光醇　145
人走了，山在草也在　149
土　豆　153
年画儿　156
1983年的红灯笼　158

第六辑　又见桃花醉春风

兵团棉　162
石城街景　165
喀纳斯札记　167
又是一年春草绿　172
行走在母亲的故乡之一：烟雨荷塘　176
行走在母亲的故乡之二：老屋　179
行走在母亲的故乡之三：凝望稻田　182

03

又见桃花醉春风　185
冬天的北湖　188
一个春天一棵花树　191
石城春天里的两个词　194
家常诗意的小城　197
新疆这么美,你不来看看?　200

第一辑　把心放在低处

当时光精确到数字

看到一道很特别的算术题：一个年轻的妈妈22岁生下了孩子，朝夕相处了19年，孩子出外闯世界了。如今，他半年没有回家见妈妈。这个孩子算了一下，妈妈现在41岁，如果妈妈能活100岁的话，也就只有59年了。如果他再这样半年回家看她一次，母子就只有118次机会见面了。

我的心着实一凛。

还是和数字有关的。我给孩子们刚刚上完《再塑生命》这一课。这是那位眼睛看不见，耳朵听不见，口说不出的海伦·凯勒的文章。我要孩子们想一想：如果你的生命只剩下最后一天，你都会去干点什么？

孩子们有些不知所措。

你一定会去做自己喜欢做的事情，也一定会去见所有你想见的人，吃你想吃的食物，欣赏你想欣赏的风景吧？

孩子们对于我的引领提问反应强烈，纷纷点头表示的确如此。我告诫他们也告诫自己：不要等到属于生命的数字被压缩到一的时候，才视之为宝！

和爱人聊天。我问：无论男人还是女人，一辈子和谁生活在一起的日子多？

最初，他说是和父母，略想一下否定了：不对，工作之后就离开父母了。末了，他说，从恋爱到结婚到终老，几十年的光阴，夫妻生活在一起的日子最多。

计算让我们明确了一点，共同拥有的日子里尽量使彼此快乐些，这才算得上一个完整且不觉遗憾的人生。

时间的长河里，事实就是这样，当时光精确到数字的时候，让我们恍然惊觉，原本可以大把挥霍的生活，竟然枯干得令人心跳加速。它犹如一把锋利的尖刀，划开你的肌肤，让你有疼痛的感觉。

感谢时间给了我们这样的痛感，它提高了我们感知幸福的能力。

把心放在低处

把心放在低处。低处有沉积的土壤。

低处成了一颗蒲公英种子的家。这种子已经随风旅行了很久很久,早就想着陆安家了。低处有汪起的水。四面八方的水,都聚集在这儿了。最小的叫水洼,不大不小的叫塘,大的叫湖泊,最大的就是海了。有水的地方,就蓬勃着各种生命。即使是最不起眼的水洼,也因为有了蝌蚪们的嬉戏,而平添了几分生命的喜悦……朋友得知我的文字上了全国名刊《读者》,羡慕地问我,平淡的生活,你哪来那么多灵感?我笑:没有什么秘诀,我只是喜欢把心放在低处罢了。

心儿放在低处,从此心怀便氤氲了更多的慈悲和彻悟。

那日,坐在中巴车上,窗外有画面楔入我眼帘:

一个男人蹲在流水潺潺的水渠边,他衣衫不整,头发很长,乱蓬蓬的,浑身上下都是污垢。他一手拿着面镜子,一手抚着下巴,仔细地端详着镜中的自己,旁若无人地对着镜子咧开嘴,笑了一下,又一下。

车里许多人都看到了这一幕,随之讪笑起来。知道这男人底细的赶紧做了旁白：他上中学时父亲得病死了，母亲跟着一个有钱的煤老板跑了，他从此疯走在自己的世界里。

车开动了，有几个人还在议论刚才的一幕，不时响起笑声。我没有笑，我觉得此时的笑是对那个无助者的伤害。当我无力帮助一个无助者时，我的悲悯、沉默，甚至泪水，也是另一种善行和爱。

心儿放在低处，从此心怀便会储藏许多的感动和思考。

那天在路边，天下着细雨。一对步履蹒跚、头发花白的老夫妻相携走来。他背着一个袋子，她打着一把伞。两人在路边站定，他拿过那把伞，打在她的头顶。自己的半边露在伞外。她安详地站在伞下，指一指伞边滴落的雨水，示意把伞挪一挪。

他没有动，固执地把伞打在她的头顶，任雨水淋湿自己的臂膊。

我想，爱到海枯石烂这类美丽的誓言在这对老人朴素的行为里，是多么轻飘啊！

瞧，把心放在低处，生活就像一朵饱满的花骨朵，展现在你的眼前。

年少时，哪会舍得把视线投向低处呢？

"会当凌绝顶，一览众山小""人往高处走"这类箴言时时激荡心怀。

而现在终于明白：人从低处出发，像一株长在低处的向日葵，只要朝太阳扬着笑脸，也一定会迎来籽粒饱满的成熟。

如果是花 迟早会开

阳台的角落里，放置着一盆叫朱顶红的植物。

我已经栽种了五年了。

头两年，我朝朝频顾，浇水除虫、悉心侍弄，还想方设法把烂豆子、霉花生等制成肥料施进花盆里。

后来的日子里，我渐渐对它淡漠起来。这盆花也由阳台显眼的位置移到边上，最终被放置到阳台角落里。因为，春去春又回，花落花又开，和它一起种下的杜鹃、仙客来、天竺葵，年年举着明艳的花朵，唯独它，虽然尽力伸展绿油油的叶子，但终究显得落寞，有谁肯对单调、青涩施予更多关注的目光呢？

有好几次，爱人和孩子提议，不开花还种它干什么，换盆吧。我也心有所动，但终究下不了决心，一来已经种了多年了，二来这花还是从朋友那里要来的。当初从朋友的花盆里移出这小小花苗时，朋友就对我说过："种这花要等很长时间才会看到它的花朵。很多从我这里移栽这花的人，都没能看到它开花就换掉了。你若没有耐心等待，就种别的花吧。"当时我还用肯定的语气回应朋友："我等得起。"

这个秋天，这盆搁置在阳台角落里不引人注目的朱顶红成为我们一家人关注的焦点。因为，它终于要开花了。

花苞从蒜头样的球茎里悄悄探出头来，箭头般的花苞还带着一个长长的绿色茎秆，这让我联想起那新生的还未剪去脐带的婴儿。花苞逐渐膨大，苞片裂开，露出一抹鲜丽的红。最终，它喇叭状的红色花朵以火焰般的艳丽，让爱人和孩子惊叹不已。

眼前朱顶红美丽的花朵，让我想用一句话来描述，那就是——静寂之后的美丽。

这静寂是意味深长的。有误解，有孤独，有遗忘，有等待……但无论怎样，朱顶红还是一路走过，默默汲取日月之精华积攒力量，为开花做着准备。五年了，五个春夏秋冬寒暑轮回，它的根部一点点发育成长，直到长得如一枚饱满的蒜头，似乎才能取得孕育花芽，在阳光下绽放美丽的资格。

朱顶红花朵灼灼，我的思绪绵绵。

低下头俯瞰现实中的悲喜人生，我曾对一朵朵成功的花朵趋之若鹜，我心急，总是迈着匆匆的步伐，追赶那些成功者的足迹，渴望得到世界的声声喝彩。现在我明晰了一个道理：如果是花，迟早会开。我要停下脚步，把喧嚣聒噪的尘埃挡在自己的目光之外，先将自己修炼成能够从容饮尽寂寞的花，然后自信地等待开放的那一天。

把砂养成珍珠

珍珠的前身是一粒砂。

偶尔的机缘,砂掉入蚌这种动物的壳中,又以坚硬的棱角不由分说地嵌进蚌的身体里。蚌在疼痛中,不停地用自己的肌肉挤磨砂,分泌一种涎液沁润砂。光阴飞逝中,砂被包裹其中,变成了圆润、光滑、坚硬、泛着淡淡光泽的模样。

当我从有关珍珠的书籍里知道这些知识的时候,我惊叹蚌把砂养成珍珠的能力,同时也不由翻拣出自己平日里随处捡拾收藏的一些让我怦然心动的生活细节。我想,这些细节里的主人公,不就是生活海洋里的蚌吗?

这是一个卖烤白薯的大婶。

五年前和丈夫双双下岗,两年前,丈夫遭遇车祸被撞伤脊椎瘫痪在床。儿子年幼尚在读初中。她一没有学历,二没有特长。这日子怎么过下去呢?她把自己关到屋里整整三天。抹干泪水,推着大大的铁皮烤炉站在小城人口流动密集的公交车站烤红薯卖。寒来暑往,她笑呵呵地招呼过往停留买红薯的顾客。

这是一个女孩。

十六岁的花样年华寂寞在充斥着药味的病房。她每天得忍受40℃的高烧。为查清病症,医生做淋巴穿刺,当锋利的针头直刺腋下淋巴时,她痛得抓着妈妈的手,不哭也不叫。

她在自己的笔记本上写道:忽然发现这个城市是那么的炫目多姿,瞧,来来往往的人流,陌生人脸上的困惑,小孩子无忌的笑声……竟然都是从未注意过的风景画。生命中,我们也许只是接到邀请的客人,没有人能永远地做主人,没有人能拥有一座永远的城市。因此,在有限的时间里爱吧,即使是客人,也要尽力地打扮你的临时的家。也许,你离开时已经不是匆匆赶路的过客。我喜欢前五年在地底准备,第六年开花,开花两天就香消玉殒的依米花!喜欢一旦开花就有着红白黄蓝四色花瓣的依米花!我不会为自己的生命如此短暂而惋惜;我得感谢索要我生命的死神,让我在这个世界上停留了十六年,让我享受了亲人给我的爱,让我有机会表达我对这个世界的爱。并且让我从容地写完这本书,然后说,我曾经来过,我也曾经美丽过。

她对生命充满热情和期待。但是当她知道自己的病无法治愈时,她让爸妈把"爱心"捐款转赠给更需要救助的人。

这是一个如今文字四处开花的笔耕者。

她曾经是电机厂流水线上的装配女工。遭遇下岗后,绝情的丈夫又有了外遇另觅新欢。她摆过摊、当过保姆,在饭馆打过杂,在干洗店做过水洗工……生活的磨砺,没有让她颓唐。她辛勤笔耕,终于成为一个职业作家。她通过自己的努力赢得属于自己的生活。

她为自己取了一个足以代表心声的网名:乌鲁木齐玫瑰。在她的博客页面上写着:感谢人生旅途上每一次不可避免的伤害,让我愈发勇敢、坚强、成熟而自信。更加热爱生活,懂得珍惜。纵然时光如流,任凭世事变迁，我依然是我自己。哪怕整个世界都背叛了我，我也决不会背叛自己。沧海桑田，几多悲欢。为写作而生，我是无悔的玫瑰。落花人独立，微雨燕双飞。生命如歌，我还是我……印度诗人泰戈尔有一诗句："世界以痛吻我，要我回报以歌。"

　　审视这些触碰到了我灵魂深处最柔软一隅的细节，内心再次充满敬意。他们，遭逢了生活赐予的砂粒，疼痛几乎陷他们于万劫不复之境地，可是他们没有停下前行的脚步，没有泯灭对生活的热爱。他们以自己的生命奋斗之歌回报疼痛，最终把砂粒养成了熠熠闪光令人瞩目的珍珠。

春天不曾远逸

2010年的春天对于我们边疆来说，来得实在是有些晚了。在刚刚完成的一篇文章里，我甚至对这失约的春天还颇有微词。

不曾料想，四月里，竟然埋伏着一个让人心悸的日子——2010年4月14日，一场震颤，颠覆了玉树的春天。玉树，青海省版图上一个富有诗意名字的地方。我在网络浏览时目光开始锁定和玉树有关的讯息。说来有些汗颜，尽管曾经梦想着有朝一日，能够像女作家三毛一样背着行囊，到处行走，去寻找梦中的橄榄树。若不是这次地震，对于玉树这个地方，我从来都没有想起要去了解它。

感谢网络，给我们提供了迅捷、丰富的资讯。在网友的博客里，我看到了有关玉树的影像和文字。玉树，在纯净的蓝空下，辽阔，宁静。据说，玉树出产藏獒和虫草。玉树还有那位有名的格萨尔王的铜像，还有文成公主庙。据说，那儿的姑娘多取名为卓玛，小伙子多起名叫扎西。美丽传奇的玉树，让我心旌摇荡。

然而，当看到震后的玉树遍地破碎，遍地残垣，我的内心一下子弥漫着痛楚。这痛楚又是如此熟悉。因为它来自于两年前发生在四川汶川的那场梦魇。

痛楚中，我记住了发生在废墟瓦砾中及其地震后那些迷人的细节。

那位叫格蓉的单身母亲，被剧烈的抖动惊醒，在房子压到她身上的一瞬间，她紧紧把三岁的女儿阿吉卓玛护在怀里。她使劲把背弓起，顶住压在身上的东西，尽量给身底下的女儿多留一点空间。被救之后，只在临时医疗救助站待了四天，就以"只受了点皮肉伤"为理由提出"出院"的请求，她要把床位留给从其他地方转来的伤员。

迈拉卓玛因为被倒下的衣柜挡在了墙角，只是手上受了点轻伤。她和同样只受了一点轻伤的父亲从废墟里爬出来，救出了母亲。一边是已经成为废墟千呼万唤没有回音的姐姐家，一边是传出婴儿啼哭声的邻居家。迈拉卓玛和父亲做出了坚定的选择。他们救出了邻居家只有一岁半的孩子，也救出了邻居夫妇。

还有两个北川男人的免费餐馆。北川男人一个叫刘安华，另一个叫宁健，都是四川省北川县安昌镇人，2008年在老家遭受了地震，2009年得到当地的无息贷款到玉树开餐馆，没想到不到一年，再次遭遇地震。感同身受的他们，免费给需要帮助的地震灾民提供午餐、晚餐和开水。

还有盲人夫妻摸索出的那张昂贵的五十元人民币，还有央视赈灾晚会上展示的那一串串温暖的数字。

还有……

深夜，临屏敲打着这些文字，不觉间竟有泪水浸湿脸颊。我将珍视这些细节，并且在心灵深处腾出一定的空间去延伸和储藏它们。我相信，它们可以让我重新审视自己对待生命的态度，也可以让我的思考丰富起来。

我想说，如今的玉树，经幡高扬，援救的身影如织，闪射人性光辉的善良之花四处盛开，玉树的春天从来不曾远逸。在这样的祥和氛围里，我们没有理由不打开尘封的心窗，没有理由不去提高感知幸福的能力。

香从静中来

我不知道我在所热爱的文字里能够走多远。当朋友把我两年来的心血打印出来，集成厚厚的一本交到我手里的时候，喜悦和成就感油然而生。

主编通过QQ发来了我那即将出版的书的封面和扉页。对于他们的设计我还是满意的。尤其是书的扉页，铺满淡雅的花朵，书名下面赫然一朵盛开的莲花。主编告诉我，书名定为《冰莲花》。

欣喜地看着，久久地，舍不得关掉这个网页。

这是我倾尽青春的热情穿越岁月的风尘找寻的那朵莲花么？

这是我遗忘了寂寞化合了生活的酸甜苦辣种出的那朵莲花么？

一时间，我百感交集。

莲，一直是我心仪的植物。

那年放寒假，大雪纷飞日。还是初中生的我倚在被垛上翻看着一大堆从语文老师那儿借来的书。在书里，第一次领略莲的魅力。杨万里的那句"接天莲叶无穷碧，映日荷花别样红"着实让我艳羡。看看窗外被雪覆盖得严严实实的山峦，不禁对满眼铺排着绿，满眼摇曳着风姿绰约的荷的花景充满了向往。王昌龄的《采莲曲二首》（其二）"荷叶罗裙一色裁，芙蓉向脸两边开。乱入池中看不见，闻歌始觉有人来"一诗则让我看到了一个田田荷叶之中、艳艳荷花之下采莲少女的美丽形象。那时，我就在想，我若是那采莲女那该多好，和莲能够零距离接触。而当我读到周敦颐的"予独爱莲之出淤泥而不染，濯清涟而不妖，中通外直，不蔓不枝，香远益清，亭亭净植，可远观而不可亵玩焉"，阅历尚浅的我，虽对此理解不甚深透，但莲的清雅洁净还是能够懂得的。莲便在我的心底生了根。我在自己的积累本上抄录了许多莲的诗词，自己喜欢还不算，还把许多的诗词口授给年幼尚未上学的小妹。一个假期，就这样快乐充实地度过了。

此后的日子里，在没有亲眼看见莲的芳容之前，我一直是坐在有关莲花的文墨里欣赏她的。得以看到莲的真容颜，还是在美丽的西子湖畔。那时，我和心爱的人，正旅行结婚度蜜月。因为我们知道，莲花亦称荷花。它那一茎双花的并蒂莲，是人寿年丰的预兆和纯真爱情的象征。所以浴着风中淡淡的荷香，我们以莲花为背景，拍下了一张张照片，以期我们相携相伴相爱永远。那时，为了拍到睡莲花开的照片，我和爱人守候在满是睡莲的池塘边，静静等待。睡莲们闭着眼还在酣梦中，而我们热切的目光早已经把它们抚摸了无数遍。至今想起那等待花开的时刻，我仍然感到是那样的神圣和庄严。

一直以来，我认为不停地寻找，把自己的生命寄托于一种外物，是人生存的本能。

我们所有的人，因为寻找，让凡俗的日子活色生香起来。

我努力把尘世喧嚣的声浪挡在门外，白天耕耘在三尺讲台，夜晚在别人沉浸在电视剧的悲欢离合的时候，我或者埋首于书本，或者行走在文字里。

前些时候，因为颈椎病引起的一时难以抑制的眩晕，躺在床上静养时，忽然闻到茉莉花的香味，才知道放在客厅角落里的那盆茉莉如期开放了。我惊喜地告诉母亲，母亲却淡淡地嗔道：你才知道啊，其实已经开了好几天了。

我奇怪自己怎么才闻到花的香气。母亲随口回了我一句：香从静中来。你整日里来去匆匆，难得安静，自然是闻不到的。

当时对母亲的这句话并没有上心，而现在，品着母亲这句话，似如醍醐灌顶。

莲的秉性就是沉静的吧，否则怎会有沉静如莲的说法呢？

香从静中来！

静静地做好自己的一份事情，不聒噪，你就能够从容地品到生活的真味，你就能找到属于自己的那朵美丽的莲花。

死：生命中的一个词条

在春天这样一个到处涌动着生机的季节，谈论这个话题，似乎有点不合时宜，但体弱的母亲，在闲聊中又提及死及其死后如何处置的问题了。母亲谈这些问题的时候，淡然，脸上浮现一丝笑意。而我，无言以对。

我想，我能够说什么呢？

前些日子，母亲病重住院。需要抽血化验，护士在母亲肿胀的胳膊上困难地寻找血管，一只胳膊上尝试扎了三四个针眼，都没有成功。另一只胳膊也是用手指一寸寸触摸感觉，才终于扎上了。为了治疗的方便，护士在这个得来不易的针眼固定了挂点滴的针头。

望着母亲因为有针眼而不断往外渗水的胳膊，我的心痛苦得纠结成一团乱麻。潜意识里，死这个字不时地击打我脆弱的神经，泪水蓄积在心底早已成了一片汪洋。在母亲病房隔壁陪护病人的老太太因为老伴抢救无效死亡大放悲声的时候，我的泪也悄无声息地流下来。

我怕疾病夺去母亲的生命，怕自己介入死亡这个涂满黑色和白色的话题。

这种惧怕，让我夜夜失眠。

然而，偶尔的一次邂逅，却让我感受到了一些异样，或者，是羞赧。

在一个春日的午后，阳光明晃晃地照耀着。

街边的榆叶梅鼓胀的花骨朵透着隐约的红色。榆叶梅边上，有三个孩子。两个坐着，一个站着。三个男孩子，都只有四五岁光景。每人都是一手拿着小瓶，一手拿着一支细管。一下一下地，吹着泡泡。泡泡在春天柔和的风中飞散。

我停下匆匆的脚步，定定地看着他们仨吹泡泡，趁机温习一下远逝的童年。正想移步走开，不料孩子们突然冒出的话语，让我再次停下来。

坐着的大眼睛男孩说：我爷爷去世了。

眼睛细长，有着一对招风耳的男孩说：我爷爷死了。

大眼睛男孩似乎是要表示一下自己的渊博，他看着同伴说：知道吗？死了就是去世了。

站着的男孩，跑过来加了一句：我的奶奶也死了。

说话并没有耽误他们吹泡泡。泡泡在他们的周围和头顶飞散，然后一个个地熄灭散碎。此消彼现，源源不断。

他们的祖辈长眠，永远地走出了他们的视线。离别的泪也许刚刚流过没有多少时日，内心疼痛的划痕就早已平复如初。

是孩子的小小心怀无情？还是应了那句不知愁滋味的老话？都不是。

有诗人说，人可以生如蚁而美如神。初见此句时，内心只认同生如蚁，为生活奔忙，为欲望奔忙，确实似一只蚂蚁穿行于巢穴和获取物质的地方。这样单调反复的线性状态，是我们大多数人的常态。何谈美如神？

孩子们谈论死亡的时候，我下意识看了看他们的脸。我知道，思维定式指挥着我，要从孩子们的脸上找出点悲戚的表情来，可是，他们让我失望了。他们的脸上无忧也无喜，只是透着小孩子特有的稚气。同样，我也不能够从他们说话的声音里捕捉到一丁点悲情或者欢快来，稚嫩的声音，纯净得如同晴朗的、没有一丝云的蓝天。

　　彼时，孩子们拿着装满皂液仿佛还存留着爷爷或奶奶体温的小瓶子，沐浴春风，吹着五颜六色的泡泡，复习着和爷爷奶奶曾经一起度过的快乐时光。那高远深邃的云端，一定有他们逝去的亲人温柔注视的眼睛，追随着孩子跳跃的身影。我恍然觉得美如神，并不是诗人梦魇中的呓语。

　　死，是我们每一个人生命中固定的词条。不可变更的一个必然。

　　而活着，怎样活，则由我们自己决定，由我们的态度决定。

　　尽善，尽美，尽心，尽兴，也许就是活着的要义了吧？

2013，和生命跳一支舞

太阳不再升起，睁眼一片黑暗，南北磁极颠倒。

这是对末日的描述。

早在2012年还未步入我们的视线时，美国大片《2012》便为此濡染了非同寻常的色彩。

不过，影片的最后，给了人们以希望的"方舟"。

玛雅人给我们开了一个玩笑。

我们所有人，也没有处心积虑寻找求生的"方舟"，也没有为自己是否有那张逃生的船票忧心忡忡，只当是经历了一个黑色幽默。

然而，作为一个喜欢在文字里记录和安放心情的我，再度阅读到这个描述的时候，内心还是会掀起不小的波澜。

我想2012年12月21日那天，若真的陷入无边黑暗，生命就此画上句号，我一定会为自己曾经想做却未能做的事情而感到追悔。

2010年暑假，我曾经陪我的母亲回到她日思夜想的故乡——广西。我们一起游览了有"甲天下"之称的桂林山水，穿行于桂林景区有名的溶洞，观赏那千姿百态的钟乳石。冒着零星的小雨，走在南方那满眼青幽幽的原野，我看见了垂吊着一挂挂香蕉的香蕉树，还有早年读了席慕蓉的《外婆的木瓜树》一文后就非常向往的木瓜树。我还领略了江南烟雨荷塘的美丽。如伞的荷叶间有粉色的荷花亭亭玉立，还有已经结了籽实的褐色莲蓬突兀撞入我的视线。我和它们留影，它们激荡起我美好的愿望，我这个原来只愿意静静地在家里看书写字的人，从此萌发了要把今后的有生之年里的闲暇日子交给这样的行走。

因此，我想像三毛那样，背着简单的行囊，游历心仪已久的凤凰古城，欣赏那烟波浩渺、迷蒙雨雾的一叶扁舟，循着濡湿清幽的石板小路，去拜那位描绘了诗意湘西的大师沈从文故居。还想去探访被文友盛赞的水墨徽州……

我还想和爱人重温春天的故事。2012年的春天里，我和爱人回到一个叫三道沟的地方，站在山坡上，寻找曾经的家的痕迹。看着卧在青青草地上慵懒地嚼着草叶的牛，我想起了自己曾经放逐于山野的童年。春光烂漫的山野里，我和爱人，低头遍寻一种叫作荠菜的植物，并且回家用荠菜包了饺子。我还栽下了爱人送给我的一株花——君子兰，那天，是我和爱人拿结婚证的纪念日。

我还想和年迈的老爸相守，和他慢慢聊聊墨斗、凿子、刨子等木匠家什，聆听老爸絮叨他的那些陈年旧事。

我还想整理自己从教以来的心得随笔，出版一本署着自己大名的教学专著。

我还想调整自己的教学理念，打开孩子们的心扉，真正触摸到他们的喜怒哀乐，让我们因为懂得，所以乐学。

我还想继续沐浴书香，让文字滋养心灵……

细数这些未了的愿望，看看眼前太阳依旧东升西落，一种劫后重生的心境油然而生。

玛雅人的末日传说，许给我这样一段特别的时光。让我触摸到生命最深处的深情和柔软。

想起朴树的歌："我从远方赶来，赴你一面之约……我是这耀眼的瞬间，是划过天边的刹那火焰……一路春光呀，一路荆棘呀，惊鸿一般短暂，像夏花一样绚烂……"

我曾经拿着相机去桃园，专门捕捉满地落红被风吹起，轻盈旋舞于空中的瞬间。理由很充分：绽放枝头的花朵，早已在尚美的人们眼里频频出镜。花朵憔悴零落之态，却寂寞在这喧嚣的红尘中，但它随时触目惊心地昭示：韶光易逝，生命匆匆。

花儿落了明年还会一样地开，生命却似风吹出去就不能再吹回。

默默地，我对自己说：2013年来了，不要因为工作忙碌而忽略年迈的父母电话里那声盼归的询问，不要因为人生失意而忽略了春暖花开风和日丽的恬淡温暖，不要用冷战争吵猜忌来填充有限的时空……

就让快乐填充时光的每一道缝隙，把幸福的表情嵌进新一年里的分分秒秒，和着四季的节拍，和生命跳一支舞吧。

日染一瓣，则春深矣

"日染一瓣，则春深矣"，这句话是在阅读博友的文章时，撞入我心怀的。博友之所以记录在案，也是因为最初读到之后，内心为之一动的缘故。

这句话，是有出处的：日冬至，画素梅一枝，为瓣八十有一，日染一瓣，瓣尽而九九出，则春深矣，曰《九九消寒图》。元朝杨允孚《滦京杂咏》卷下："试数窗间九九图，余寒消尽暖回初。梅花点遍无余白，看到今朝是杏株。"原注："冬至后，贴梅花一枝于窗间，佳人晓妆，日以胭脂图一圈，八十一圈既足，变作杏花，即回暖矣。"

仔细玩味，倍感其精妙。

我想把这句话先送给自己。

我喜欢自己的职业，想做一个让孩子们喜欢和信任的好老师，喜欢自己的业余爱好，想在文学的园地里绽放几朵养眼的花儿，也喜欢亲手绣几幅十字绣，以后能够送给儿子，挂在他的新房里。但是，当这些喜欢纠结在一起的时候，我往往无所适从，心急如焚，直叹自己只有一双手，一天也不可能比别人多出两小时。

现在看到这句话，躁动的心，渐渐平静了。

好老师，不是一天两天成就的。翻阅教学杂志，看看那些研讨教艺的名师们，哪个不是在各种赛课磨炼出来的？哪个不是在殚精竭虑总结经验教训成长起来的？

过程比结果更重要。

好文字，亦是在心性恬淡中慢慢写出来的。一日读书，得知一个叫王世襄的大家，凡是被他捕捉到的世间物，无不濡染性情趣味盎然。

想想也是，心气浮躁的人，怎么可能写尽生命之幽微，让人喜读爱读呢？

至于，现代时尚的女红十字绣，具体操作绣的时候，自己就深有体会。那日，心乱如麻，拿起十字绣，缝了没有几针，线就纠结在一起，心急，想用手指迅速解开，结果越拉越紧，最终，只好使用剪刀断掉，重新开始。

乱，急，不能稳坐、没有定力的人，也只有看着别人绣的大幅《清明上河图》和《八骏图》长卷长叹了。

我还想把这句话送给那些生怕自己的孩子输在人生的起跑线上的父亲母亲们。

你的孩子并不比别人差。你不用把埋怨和唠叨灌满孩子的耳朵。

你的孩子已经很疲惫，需要放松，需要到外边放飞一下心情，你不能把孩子禁锢在书桌旁，你不能让孩子出学校大门，又走进培训班的门。

孩子的人生，没有捷径也不可能速成。顺应孩子特点，引导孩子今日只做好今日应做必做之事，一定会有一个惊喜等着你。

我也想把这句话送给备受人生的苦痛折磨的人儿。

阅读报章。被一个美丽女子的故事感动，她是一个被命运风暴卷入峰谷又抛向浪尖的女子。

她摆摊卖小炒，每份小炒上面都会有一朵自己亲手用胡萝卜雕刻的月季花。日日看着一朵朵胡萝卜刻成的月季花，眼里心里便充满期待和向往。凭借着这样获取的快乐和自信，她扛下了苦，并且把苦发酵成了香甜的酒酿。

职场和生活，步履从容，步步踏实；成长规划，小处着眼，处处尽心；面对苦难，寸寸濡染喜乐和坚强，我们就一定能够感受到岁月意趣，享受美好人生。

日染一瓣，则春深矣。

老　树

　　我不是秋来伤感，忽然想起写写树。我所说的老树，是一个朋友，说是朋友，其实是我知道他，他并不知道我。

　　第一次遇见老树，是在网络浏览文友的博客，文友为自己的文字配了两幅图画，引人的图画下面注明画的创作者——老树。

　　老树的画，很特别。画面上点染细碎的花朵，具体判断不出是什么花，但又总觉得这花是那么的亲切，透着一股清雅之气。更有意思的是，画面的人物，也看不出具体的眉眼，只是身着一袭白色长衫，头戴一顶宽边礼帽。就是这么一个人，或在花林中漫步，或在一树繁花之下支一圆桌，倚桌而坐，桌上有一杯清茶，一本正在阅读的书。

　　我猜测：这一定是一个心怀锦绣，但又盈满静气的散淡之人。细细端详老树的画，慢慢地沉浸在一阵前所未有的轻松里。在这种轻松里，不再为烦恼的事情而焦灼，不再纠结别人递来的那个不屑眼神……从此，我便成了老树的一个粉丝。

　　老树，不是搞美术的，是中央财经大学的一个教授。画画是他的业余爱好。老树,是他的学生给他起的绰号。

我这个局外人,也只能了解这么多。但这并不妨碍我欣赏和了解老树的画。

欣赏老树的画,开始是工作之余,在网络中搜来看的。后来,感觉很不过瘾,便在暑假里,集中看了老树主题为《在江湖》的画。

老树说,人活在当下,活得都很具体,很琐碎。他画画是为了逃避,逃避这具体琐碎的现实境遇。

我倒是觉得,这是老树谦虚的说法,因为现实逃得了吗?

还是最先吸引我的那幅在繁花树下饮茶读书的画。画的最下方,老树配了首小诗:"天天经过小巷,乱花漫了高墙。贪看蜂狂蝶舞,忘了世态炎凉。"

中文系出身的老树,文字功夫还是深厚的,恰到好处地解读了自己画中的意境和作画的意图。

观赏图画,品味小诗,心中暗叹:老树啊,老树,你这哪里是逃避呢?逃避现实的人、心和血,怕是没有这样的温度吧。而你,仅仅是经过一个小巷间,满树的花朵,便吸引了你。你驻足,饶有兴趣地看蜜蜂在花间忙碌,蝴蝶飞过一朵花又一朵花,多么安静的所在啊!正好可以坐下来读读书,观观景。你爱生活,爱一切美好的事物!

提起热爱美好的事物,老树那幅身着白色长衫的男子,在一缀红色花朵的枝干荡悠的图画和小诗让我玩味许久。

小诗写道:"经常心生厌倦,世间真是麻烦。与其跟人纠结,不如与花纠缠。"

是啊,如今还真是有些麻烦:吃水果,怕上面有过量的农药;喝牛奶,担心里边有添加剂;开车自驾出行,总是遇见夜晚会车时那刺眼大灯……如此种种,让人的心里生发了很多的焦灼和不安。于是,看什么都不顺眼,做什么都上火上气。

花儿无言，花儿本身昭示着一个在天地间活着的道法：春夏秋冬四季轮回，细雨夏露秋霜冬雪，一一领略，一一接纳，然后回报以适时的绽放，最后凋零。有人赏，长在那里开在那里；无人赏，也长在那里开在那里，构成自然中的一道风景、一处美好。

我以为老树是个很善于疏导心结排解郁闷的心理咨询师。能够读懂花语，与花纠缠的人有福了。

若非心中有爱的人，又怎能画这样的画儿，写这样的小诗？

近日，又看到了老树的新作品，一幅盛开的花儿。虽然，我觉得，画似乎不如先前看到的出色。但是，画下方的小诗我很喜欢："花开我不在，花落我没来。索性画一纸，看她天天开。"

画和小诗下面可以写评论，据说评论者随机抽取，可得到老树的画册文集《花乱开》。这不由调动了我的功利心，我提交了这样的两行文字："我来与不来，花最终都要开。花开与不开，我心中都有花。"

曾经用心将我喜欢的老树的画搜集到一块儿，制作了一个配有音乐的电子相册，以便于闲暇时翻看欣赏，我还为这个相册取名为《老树的江湖》。

不知道我涉足老树的江湖之后，我的文字有没有濡染点儿闲暇但却不无聊的气息呢？

第二辑　不在原地等待腐朽

不在原地等待腐朽

朋友的婚宴上遇见久别的同学。热烈寒暄之后,同学问我,现在在干什么工作,我答,还是做教师。同学"哦"了一声,惊讶地叫起来:你怎么还是教师啊。我想,凭你的学识和能耐,早该换个更理想的工作!

要是换到刚参加工作那会,若听到有人这样对我说,我肯定马上把他奉为知己。早在前几年,我听了这话,也许我还会火药味十足地回敬一句:怎么?瞧不起我,咋的?

然而现在,面对同学的惊问。我是心湖宁静,波澜不兴。

很多时候,我觉得我是享受着做教师的快乐和幸福,享受着播撒知识时学生们送上的信任的目光,享受着问题生经我教导,而有了奇迹般改变和进步的瞬间。

我很普通,我知道自己做的距离那名师还隔着千山万水,但我努力着,如农夫微如草芥的身影躬身耕耘在这个园子。

我觉得自己的心就像一个很容易满的瓶子。

学生们见面的那一张笑脸，那一句问候；雨天时默默撑在我头顶的一把伞，作文里对我的描述和敬佩，都是能够让我动容的风景，都是让我热爱这个职业的理由。

记得多年以前，我把想放弃做教师的想法告诉一位自己尊敬的长者时，他不置可否，只是告诉我一则很有意思的寓言：猪说假如让我再活一次，我要做一头牛，工作虽然累点，但名声好，让人爱怜；牛说假如让我再活一次，我要做一头猪，吃罢睡，睡罢吃，不出力，不流汗，活得赛神仙；鹰说假如让我再活一次，我要做一只鸡，渴有水，饿有米，住有房，还受人保护；鸡说假如让我再活一次，我要做一只鹰，可以翱翔天空，云游四海，任意捕兔杀鸡。

现在细品寓言，依然滋味悠长。

生活中，我们总是羡慕自己所不能够拥有的。羡慕别人好运连连平步青云，羡慕别人新买了面积很大的房子，羡慕别人早早成为有车一族……在羡慕中，郁郁寡欢，心灵失衡。

其实，羡慕本身没有什么错，但我们羡慕的同时，忽视了一点，每个人的处境和际遇不同，我们每个人的人生都是独一无二的、不可复制的。而且很多时候，所谓外面的世界很精彩，外面的世界很无奈。我们必须停留在原地。生活没有假如。

眼下，生活让我还站在原地。是鱼，就不去羡慕天空飞翔的鸟儿，就在属于自己的水中畅游出快乐。是树，就不去羡慕芬芳鲜艳的花儿，就坚守自己脚下的土地活出葱茏。哪怕就是一棵不能开花的小草，也要在野火的历练后鲜绿在春风里。

但我，不会在原地任年华似水流走，不会在原地一点点腐朽没落。

点亮心灵的灯盏

短信时代。每天收到几条短信，纯粹属于正常的事情，但出于对文字的敏感和热爱，我总会把一些让我的心湖泛起微澜的短信，存留在手机里，时不时翻出来把玩。

一年了，手机短信存储空间有限，信息删除了一批又一批，但有三条短信，我一直都没有删除。

"用语言播种，用彩笔耕耘，用汗水浇灌，用心血滋润，这就是老师崇高的劳动，祝教师节快乐。"

这是教师节之际，移动公司发的一条公共短信。其实，最初接到这条短信时，心里是有些抵触情绪的，因为当时正为一个学生不服管教大为恼火，坐在办公桌前生闷气呢。短信让我感受到自己职业的神圣，同时也在思考，现实中，教师付出了，可是并不是所有的孩子都能理解，你发出的呼唤，迷失在心灵的谷底，没有回应。教师在孩子们面前该扮演什么样的角色，才能实现双赢呢？我还没有一个明晰的答案，但我知道，怒火，只能把智慧和耐心烧成焦黑的粉末。细细品味后，在心头乱窜的火，势头渐渐弱了下来。

"也许你不是最优秀的，可你在我心中是最棒的，节日快乐，老师！"

这是现在已经坐在内地的一所大学课堂里的学生勇发来的。

还记得毕业告别会后，勇到办公室和我告别时那深深的一鞠躬和发自肺腑的一句话。勇说，他感谢我，让他这个语文成绩常常不及格的学生，尝到了成功的滋味，尝到了写作文的快乐。

每次看到这条短信，我都会悄悄地笑起来，内心泛起甜蜜。教师生涯里，众多的学生里，哪怕有唯一的一个学生能由衷地对你这样说，那你还不算失败。毕竟，你打开了他的心窗，你的影像从此嵌入他的心灵的一隅。

"一束鲜花先给您，让我好好报答您，一张卡片送给您，让我好好祝福您，一条短信发给您，愿您天天好心情，教师节到了，祝老师身体健康，万事如意！"

这是现在我的那个心细如发的语文课代表发来的。我曾在课堂对全体同学说过，批改她的作业，真是一种享受，娟秀的字迹，缜密的思维，灵秀的语言，无不让我欣慰和叹服。而她总喜欢在交完作业后，站在我的身边逗留一会儿。

接到她的这条短信，我曾自语：乖孩子，说什么报答和祝福，教师就如同河流里的一块石头，学生则是潺潺流水，流水和石头相遇后，过去了，就过去了，经年之后，谁还能记得呢？比如我，从小学到高中，也历经了许多老师，可是又有几个老师能常常惦记和思念呢？

"品一杯香茶，思念老师，听一首老歌，回忆老师，发一条短信，联系老师，道一声问候，最近好吗？传一份关怀，天冷保重，送一个祝福，愿你快乐一整冬。"

这又是一条短信。收到这条短信的时候，我正冒雪走在校园那条笔直干净的道路上,雪花为道旁的松树披上了白色的披风。这是 2011 年的第一场雪。我伸手将一片雪花,接到手心。手是温热的,雪在瞬间化成一滴清水。

　　一句话似一根水草,浮出心海:花开花谢,年年如是,这些温暖的短信莫不是点亮我心灵的灯盏么?也许这灯盏,也是天底下像我一样的教师们坚持下去的理由吧?

秋天，一朵玫瑰

秋天，在一个特别的日子里，写下关于你的文字。

窗外秋风吹起柳丝飒飒作响，此刻，你一定披衣在台灯下写着你的教学笔记。

今夜，让我送你最诗意的称谓：你，是绽放在秋天乡野里的一朵玫瑰。

我曾经对你说，你是穿着霓裳羽衣的仙子，你从云街雾台来，你有上苍赐予的翅膀，你飞落在宁静的乡间路旁，飞落在烟岚浮起的田野，从此在玉米和青草迷人的气息里沉醉。

你如同蹲在棉田里侍弄棉苗一样的老农，精心地栽植着属于你自己的那一株株小树。你期待的眼睛，从未离开他们左右。你总是不厌其烦地给我说起，那顶雨天撑起在你头顶的花伞，那张用五颜六色碎花布拼成的坐垫，那本辑录了你课堂上脱口而出但铿锵有力话语的《魅力格言》，那些至今你都舍不得删除的节日祝福短信……你说，这些都是你一生难忘的最浪漫独特的礼物，在感觉孤独寒冷的日子里，能够放进生命的火炉里，点燃，然后取暖。

我赞美时代打破禁锢，让人们通过发挥个人的智慧，创造物质，撷取物质。

我甚至有时候，崇拜物质，物质可以让一切变得强大。比如对亲人、朋友的爱。我的理由很充分：尽管有"千里送鹅毛，礼轻情意重"的格言烛照，你能够做到与一个送你一串风铃和一个送你一辆轿车的人保持同样的距离吗？

无数个无眠的暗夜，思绪的芦苇丛生，我被围困。我无法突围。

你告诉我，注意养心的女人，才会提高感知幸福的能力。恬淡的心境，方可品得生活真味。

从此，我学你追随自斑斓到洗净铅华的简洁，从此原本壮怀激烈的内心，也与你一样变得波澜不惊，从容自由，如同五颜六色的草原，花朵凋谢，只保留秋霜覆盖已经结了籽实的草。

你说，大千世界，每一根草每一棵树每一个人都在远方有一个故乡。我们都需要寻找。

我们需要穿越物质的羁绊。

是的，你已经成功地穿越了物质的羁绊。

如今焦渴的原野满是失水的植物群落，唯有你，从来没有放弃努力的方向。你用珍藏在陶罐里的雨露，滋润着你的信仰和希望。你，你是绽放在秋天的一朵玫瑰，你鲜妍的模样，左右那些曾经流浪在荒漠的目光，你以明艳的花朵装点九月的乡村，也装点如同小麦高粱般淳朴的乡村孩子的梦。

让你的眼睛流溢欣赏的光泽

多年的教学生涯，我越来越看重"欣赏"这个词儿，甚至认为，这个词应该放在教师的生活字典里的第一页。

曾经读过一则古希腊神话。说的是一个叫皮革马利翁的年轻国王，爱上了自己精心雕刻的一具象牙少女像，每天都含情脉脉地凝视着她，日复一日，奇迹发生了，爱神把这尊象牙雕塑变成了血肉之躯，少女活了。

诚挚的感情使一个无生命的雕像获得了生命的活力，居然是因为爱，因为欣赏。

无独有偶。近日又在报章读到一则有趣的消息：少年看过科学纪录片《水知道答案》，为验证人行为举止是否能对事物产生大的影响，便开始做一个"米饭实验"。

每天从冰箱里端出同样的两份米饭，对一份米饭说："你美得像个天使，我真舍不得扔了你。"而对另一份米饭骂道："你这么恶心，还敢待在我的家里，我要好好教训你。"

一个月后，一直被赞美的米饭还是白的，只有一点发黄，那份被骂的米饭变得又黑又臭。

据说这个实验得到了心理学和量子物理学的理论支持,量子物理学证明粒子能记忆身边环境的变化。水分子是一种粒子,就像镜子一样,会记忆外界的想法、语言、音乐和图像,并通过自身变化反映出来。

这个颇有况味的实验,让我沉思良久。

记得一次参加教学能手选拔赛。根据学校要求,所用教学班是除了自己的班级外,随机抽取的,事先也没有对所抽到的班级有更多的了解。

上课伊始,我随意点了一个男生,请他回答我的一个有关文学常识上的提问,他回答出来了,为了缓和因为彼此陌生而显得有些紧张的课堂气氛,同时也为了增加一点亲和力,我笑着称赞了这个学生几句并且向他伸出大拇指说:你真棒!

结果这堂课下来,被我称赞的这个男生,参与学习的热情很高,注意力集中,屡屡举手,要求回答问题。当我宣布下课的时候,师生互道告别时,我看到他望向我的眼睛闪着兴奋的光泽。

下课后,这个班的班主任找到我,惊讶地说:你知道吗?你今天多次叫他回答问题的那个男生,可是我们班最差的学生啊!天啊!真是不可思议。铁树今天开花了!

最差的学生?铁树?当我听到这些,我有些发懵,但很快清醒了。我知道,这个孩子,能在我的课堂上超常表现,不是因为我有什么高超的教学技艺吸引了他,而是源于我第一次提问他时,那真诚的赞美和欣赏!

我们的教学生活中,常常出现这样的情形,对于那些各方面表现都不错的学生,疼爱欣赏有加,而对那些表现不怎么好的学生,目光里夹着批评、怨恨,对其说话使用的语言,多半凌厉甚至尖刻,总想着能用这种方式,震慑他们,让他们从此幡然醒悟,一心向好。可是事实上,表现好的学生,在欣赏赞美声中越来越自信,而表现差的学生,在刺激讥讽声中越来越背离了你美好的初衷。

　　我在想，我们何不改变一下自己的思维定式，把欣赏的目光也投向这些表现不尽如人意的学生呢？

　　让你的眼睛流溢欣赏的光泽吧。

　　欣赏，会激发孩子们身上被忽略的点点亮色。

　　欣赏，会促使孩子们树立宝贵的自尊自信和自强。

七彩坐垫

二十多年了,每一个教师节来临之际,我都要拿出这个坐垫,都要给我的学生们开一个主题班会,讲讲关于礼物的话题,这也是我最乐意做的也是最渴望做的。我是想寻求一个答案,这答案,尽管我已经寻求了二十几年。

1985年,那是我参加工作当老师的第三年。那年国家营造尊师重教的氛围,规定每年九月十日是教师节。我所在的学校为了庆祝教师节,要举行文艺晚会和会餐活动。学生们也在筹备商量给老师买礼物的事。我却在自己的班里郑重宣布:不许给老师送礼物。我还特地说明了两点理由:第一,学生自己没有收入;第二,送礼不应是学生的行为。

一天下午,我上完课抱着作业本匆匆离开教室,身后我的语文课代表肖玲叫我:"老师,你等等,我要给你看一样东西。"肖玲说这话的时候,眼里闪着一种特别的光泽。

"是吗?什么东西呀?"我并没有停下脚步,我边问边向办公室走去。

"是我要送你的教师节的礼物。我……"

礼物？送礼？我的心里升起一种鄙夷。我面前这个学生家里很穷。父亲下矿井被砸断了腰椎，瘫痪在床，只有妈妈靠踩缝纫机给别人做衣服挣钱养家。开学时，连学费都是拖了很久才凑齐交上的。

"我不是说过吗？不许给老师买什么礼物的吗？你怎么还这样做呢？"我依然边走边说，没有回头看肖玲。

"老师，这不是……"肖玲要说下去，可我没有给她机会，我有点不耐烦："去，拿回去，小小年纪，别学这一套！"

肖玲似乎还想说什么，但看我已经走进办公室关上了门，就只好黯然回家了。

我很快淡忘了这件事。然而不经意间我发现了肖玲在悄悄发生变化。肖玲眼里没有了平日里和我交流时的那种信赖热情。我觉得肖玲离我越来越远。

肖玲的学习成绩也有所下降，我几次在班会课上不点名地批评。我甚至动了换下这个语文课代表的念头。

正当我为肖玲的事大为恼火的时候，肖玲的爸爸去世了。妈妈要带着她回四川老家。肖玲离开学校时交给我一包东西，要求我一定要看看。

打开用报纸包得很齐整的包，我一看呆住了：这是一块圆形坐垫，全部是用碎布精心拼成的，图案很规则，一圈绿，一圈白，数一数，竟然有七种颜色呢！最中间是颗小小的红色心形图案。这样一块坐垫，可是要花很多时间才能完成的。

包里还有张纸条是肖玲妈妈写的：老师，这是我和孩子一起做的，你整天要坐着批改作业，挺辛苦的，把这个垫在椅子上，会好受点。祝教师节快乐。

纸条后边又新加了些字，那是肖玲的笔迹：我送你的礼物，是我和妈妈用裁衣服的边角料做的，没有花钱买呀。老师，我不明白你为什么对送礼物这样反感呢？是不是所有的送礼人和所有的礼物都是错误的呢？你能不能给我解释一下"千里送鹅毛，礼轻情意重"的含义？

这是我所料想不到的。我本以为自己是老师，内心不应有世俗的龌龊。因此就有了那个教师节不准学生送礼物的规定。但肖玲的事，让我很明白，我实际上是亵渎了一份期待、一份纯真，这份纯真和期待只有在她的眼睛里能找到。我为自己的行为痛心。

可我又不能圆满回答肖玲问我的问题。我在班级组织了关于教师节送礼物的班会，我给学生们讲了这块七彩坐垫的故事，讲了肖玲在纸条上留下的问题，我想请我的学生们给我一个答案。然而，我还是没有得到一个确切的答案。于是年年如是，在教师节来临之际我就要给我的学生们讲关于这个七彩坐垫的故事，让他们探讨肖玲提出的问题。

不过，我还是沿用了自己的一贯做法：我带的班级，就是在每个教师节来临时唯一不给老师买礼物的班级。

我只要学生们在自己的九月十日的日记里尽情写下自己认为最能向老师表达情意的话语。我说这才是最好的节日礼物。

当然，学生自己制作的礼物，我也会欣然收下。

不是照亮，是点燃

一

有些事情不常提起，但从未忘记。

一次，上完课，站在教学楼的门口，望着空蒙的细雨，我想，是否给家里打个电话，给送把伞过来。

忽然，一把花伞撑在我的头顶，随即听到一声热情的招呼：老师，没有带伞？我们合打一把吧。回头一看，一个高高细细的男孩，笑意盎然地望着我。我认出来了，他是我教过的初中生，现在正读高二。他一直把我送到住宅楼单元门前，才挥手离去。

还有一次，我刚刚在办公室坐定，正想着如何批改才收上来的作文，"老师，我送你一支笔。"抬头我看见班上这个叫杨月的小姑娘花儿般的笑脸。也许读懂了我眼里的疑惑，她细声说："那天，我见你批改作业时，钢笔老画不出墨水来……"我最终婉言谢绝了她的好意。

历经过这些寻常小事,我觉得心里被什么东西暖着,变得柔软而甜蜜。

我想,我凭什么资格在雨天享受这有人给打伞的关切?又凭什么要一个还没有经济来源的学生惦记着送一支好用的笔?

二

几年前,教师节即将来临,我收到一个外地学生寄来的一个包裹和一封信。她在信里写道:老师,也许你已经不记得我了。可我还记得你、记得你的微笑。正因为你的微笑,我改变了我自己,我不再是那个上课打瞌睡常被罚站的差生。我今年如愿考上了自己喜欢的大学……

读着信,我仿佛看见一个小女生又面对办公室的黑板站在那里了。

从来都没有忘记过这个叫肖玲的女生。自从我第一次走进初一年级上课,第一个被我记住名字的恐怕就是这个女生了。记住她,并不是因为她学习优秀,而恰恰是她一塌糊涂的作业和一上课或者睡觉或者在纸上信笔涂鸦的违纪行为。

同班同学没有人愿意和她坐。下课了,也没有一个同学愿意和她搭话。她便沉默。在教室里终日沉默着。

她经常站办公室。因为作业。任凭任课老师怎样说教,她还是沉默。还是我行我素。

那日,轮到我晚自习值班。学生们都在忙着写作业。我来回巡视着。走到她的座位时我停了下来。只见她没有写作业,而是在纸上画着一幅画。好像是几个武打人物速写画。

我微笑着拿起这幅画欣赏着,然后说:你的美术功底还真不错呢。她似乎很不习惯听我这样评价她的画,不好意思地收起那幅画,脸红到了耳根。记得当时我还好生奇怪,她天天站办公室,怎么就没有见过她脸红呢?

她拿出课本写作业了。一直写到晚自习结束。

第二天，她居然没有因为作业问题站办公室。

上课了，我对同学们说：咱们班今天作业全齐。说着，我微笑着向她望去，她又一次脸红了，不好意思地低着头。

她的作业可以按时交上来了。她的作业慢慢有了老师批阅后留下的红色的"优"了。正当老师们惊讶她的变化，感叹她的潜力的时候，她举家迁居四川了。

岁月流逝，事过境迁。没想到她现在居然还记得我这个只教过她两年的老师。

打开包裹一看，我呆住了：这是一块圆形坐垫，全部是用碎布精心拼成的，图案很规则，一圈绿，一圈白，数一数，竟然有七种颜色呢！最中间是颗小小的红色心形图案。这样一块坐垫，可是要花很多时间才能完成的。

三

"老师是一位平易近人和蔼可亲的人。在整整一节课中，脸上无时不带着微笑。这让同学们在自我介绍中不感到紧张。"这是那个叫李雅茹的女生吐露的心声。

"她让我们读个人写的档案，轮到最后一位同学的时候，她急步向那位同学走去，我的目光也跟着她移去，原来她是要把那扇打开的窗户往里推一下，不让那位站起来的同学碰到头。我的心里顿时生出一种敬佩。我想，我一定要学好语文，把最好的一面展现给老师。"这是那个现在爱往《小溪流》杂志社投稿的男生徐扬刚上初一时写下的文字。

"我是个曾经充满叛逆的男孩，我和教过我的每一个老师对抗。同时我又是一个抗拒语文的男孩，尤其惧怕写作文，可是不知老师您用了什么魔法，竟让我爱上了语文，爱上了写作……"这是那个叫周晓龙的男孩写的作文《我的中学语文老师》里的一段话。

……还有很多。

我把这些学生们质朴的话当作宝贝珍藏在我的教学日记里。常常在失落的时候，翻出来看看。

回想教学多年来，上台领取光荣的奖状的机会屈指可数。但，还有什么能比得上孩子们对一个老师的肯定呢！

四

又是九月。

一个特别的日子，迈着轻盈的步子，缓缓而来。

从教多年，我已经养成一个习惯，每逢这个时候，我都要翻出收藏多年的一组关于教师的经典语句欣赏玩味。

"有人说您是启蒙者，有人说您是播种人。"

"有人说您是绿叶，有人说您是灯捻芯。"

"有人说您是灯塔，照亮学生的人生路。"

"有人说您是海洋，日夜澎湃知识之音。"

"有人说您是蜡烛，燃烧自己照亮别人。"

……

最初，我的目光抚过这些关于教师的比喻，总是颔首称是。

而今，回首那些教育往事，沉淀品悟新的教育教学理论，恍然觉得：我是用善与爱点燃了孩子们的善与爱，用一个微笑和欣赏，唤醒了一个孩子的自尊和自信，用智慧点燃了孩子们的智慧啊。

我要颠覆其中关于灯塔、蜡烛的说法，教师不是灯塔，也不是蜡烛，所发挥的作用不是照亮，而是点燃。

向一株植物道歉

一

我不是故弄玄虚做出这个决定的。

而我的道歉方式是：仔细地清洗了一个久置不用的花盆，然后放了从山坡松林里取回的黑土，黑土里边掺和了沤制好的肥料，我用手指一点点捻着，生怕遗漏下哪怕一小块肥料块，生怕那些肥料不能均匀地融合在土中。土肥和匀后，我小心翼翼地将这一植株放进刨好的土窝里，整理好她的根须，然后轻轻地将土覆盖在上面，然后浇定根水。完成这一切之后，我郑重地把花盆放置在阳台能够充分享受阳光的位置，对着这株植物在心里默默说：对不起！

二

真的是对不住这株叫满天星的植物。

当初朋友送我这株植物的时候说，这花很好养，水肥跟上，能晒着点阳光，一年四季都会开花。

果不其然，这花真的很皮实，花朵层出不穷地开放着。尤其隆冬季节，窗外白雪皑皑，她那星星点点的红色，总会给来访的客人带来惊喜。

然而，时间一长，我竟然有些倦了，厌了。这盆满天星养了好几年了。也许是没有换盆或者及时施肥的缘故，健旺的植物，渐渐长得不齐整了，硕大的叶片蜕变成了铜钱大小，枝条弱不禁风凌乱地歪在盆边，花朵更是稀少。我便毫不留情地把它搁置在客厅的一个角落里，不再给它浇水，不再每天送上关注的目光。我嫌弃它的花朵太小，太不起眼。另外源源不断凋零的细碎花瓣，让我清理阳台时很是麻烦，总也打扫不净。

我想，就让它自生自灭吧。

可是事情却不是我所想象的那样发生和发展。大约过了个把月的光景，卫生大扫除，收拾整理房间，无意间又看到这盆植物。它没有如我所想，横陈枯黄的枝条，香消玉殒，恰恰相反，扬着绿色叶片，骄傲地宣告它的存在。只是原本粗壮的枝条和叶子柔弱了许多，枝干朝着亮处弯曲，叶片一律朝向亮处。

我疑惑：屋中如此干燥，二三十天没有浇水，是怎么活下来的？！我诧异地随手捻起倒伏在盆边的植株，想看个究竟，不料，植株被我毫不费力地从盆里提了起来。原来，这植物，为了活下去，采用缩身术，把原本深藏在泥土里边的根须全部缩到了泥土的表层！原来，这植物，就是靠了露在泥土表层的根须，吸收空气中的那点儿水分活着！

那一刻，我感觉浑身的血液似乎突然升温，我的脸仿佛贴近了一个火炉，被灼烤着。

我做了一件多么令人愧怍的事：随自己的好恶，蔑视了一个不起眼的生命！

三

思绪如水恣肆蔓延。

班上那个顽劣男孩，那个如同这株植物一样不起眼的男孩，我是不是忽略他太久了？

也总是因为他没有完成作业，或者是因为下课在教室里边闯祸的时候，我才关注他。我从来没有问问他，为什么没有完成作业，没有问问他，喜欢做点什么事情。和我一样，其他搭班的老师们，对他教育无果后，都无奈地选择放弃。

我还曾经在一次暴怒中，批评他，拿苹果送老师，是跟谁学的？不把心思放到学习上！

现在，细细想来，这孩子，也不是一无是处，比如他会掏出从家里带来的苹果，递到老师手里，眼里充满祈盼的神情，那是希望得到肯定的祈盼啊！他从上学以来，因为顽劣，因为跟不上趟，得到的否定实在是太多太多了。还有，不管怎样被否定，他还是一如既往地天天背着书包到学校，没有三天两头逃学在外。还有，批评他时，他一句嘴都不还，还有……

我不敢再想下去了。但唯有一点，我很清楚了，那就是，我得重新把那株植物种回到花盆里。

四

眼下，写这篇文字时，我的满天星已经送给喜欢养花的妹妹了，在她的阳台上绽放着星星般的花朵。

而对待班上那个顽劣男孩，我降低了要求，只要求做最简单的作业，先抄写一点课后的生字词，背一点古诗词之类。我想，也许在我教他的三年里，他还是班上语文成绩最差的，但是，若能通过这样的方法，让他树立点自信，增长点自尊，也是好的。

时光啊　你慢些

一到假期，我似乎就变得更加贪婪。计划满满，想做的事情太多。

比如，我想泡在市图书馆。坐在那里，去翻翻许久就想看的书。图书馆开放后，我办了读者证。也借过一部分，无奈工作忙只是匆匆读过，来不及细细品味，借阅的期限就到了。假期有整块的时间，可以回回炉。

比如，酝酿了三四年的关于作文教学的文字，终于有了合适的突破口，合适的文字表达构想，想尽快一页页写出来，想尽快形成书的模样。

比如，那些记在手机便签里的灵感火花，它们有的只有标题，只是几个要点，仿佛刚刚在腹中发育的胎儿，五官，脏器，血肉，还没有充盈。我想尽快让它动起来，发育成一个健康的生命。

比如，自有了微信，我的视野又有了新的拓展。我跟风赶时髦，也开设了公众号，时不时发布更新文章，团结了几个粉丝，作为自己坚持写下去的动力。我还参加了几个微信交流群，在文友群里，交流写作心得，进行思想碰撞；在玉石爱好者群里，欣赏宝贝，显摆自己手里的宝贝；在诵读群里，读一读久违的诗歌，也发布一下自己诌的分行文字，也展示一下自以为不错的朗读功底，甚至班门弄斧，犯一下职业病：修改点评好友贴出来的文字。每每好为人师之后，只想扇自己几个耳光：哎，这当教师当的，连暑假里也脱不了本色了！

再比如，我喜欢唱歌，全民K歌的主页里边已经陈列了上百首歌曲了，那是坚持了将近两年的成果。没有放假的时候，浏览歌友的主页，心生羡慕，自己什么时候能不能也来个每天一首啊？什么时候，也能每首歌曲，都得到系统评分最高级"SSS"的奖赏啊？什么时候，也能把那些新歌唱得风生水起，赢得歌友一片掌声，无数鲜花呢？但是，我知道，要唱好一首歌，真不容易，得一遍遍地唱，一遍遍练习，一遍遍纠正失误，把自认为最完美的声音发布出去，这，需要时间！

再比如，自从喜欢上了旗袍，内心就开始承受重如千斤的痛苦：眼睁睁地看着美丽的旗袍，却只能是偷偷喜欢的份。因为，我没有蜂腰，没有螳螂腿。身上多余的肉肉实在是太多，把一件漂亮的旗袍，生生撑得变了形。爱人给指明了一条光明的路：天天到广场上跟着那些勤奋的大娘大妈们跳操，跳着，跳着，就苗条了，跳着，跳着，就健康精神了，那个时候，你想穿什么样的旗袍，就穿什么样的旗袍。我撇撇嘴：时间呢？没有时间啊！

再比如，人都说，要长见识啊，除了读万卷书之外，还得行万里路。我特别认同这个理儿。

我不止一次地跟同事们说过：我想去神奇的九寨沟转转，想去美丽的张家界那个拍摄《阿凡达》景地看个究竟，想去祖国的宝岛台湾目睹一下阿里山的姑娘是不是美如水，想去云南西双版纳热带雨林逛逛，想去桂林瞧瞧刘三姐的故乡是不是依然有对山歌的声音响起。若是囊中羞涩，哪怕就是在近处走走也行啊。要知道，新疆人如今旅游的脚步，是跟着花儿走的节奏。四月冰雪初融的盐湖白色盐花如姑娘的蕾丝裙，五月杏花沟拍摄的杏花照片哪一张都可以做手机屏保……可是，可是，到哪里找那么多的时间!

  小时候,听妈妈讲时光如金,寸金难买寸光阴,我不太懂;进学校,听老师讲时光如流水,莫让年华付水流,我不太在乎;长大后,白驹过隙,光阴似箭。悟道:少壮不努力,老大徒伤悲。如今,对镜望着自己日渐不再年轻的脸,感慨:岁月如刀,刀刀见血。握着不够用的时间,心痛如割,心急如焚。

  撩拨搁置在书桌上的一个玩具沙漏,看着那蓝色的粉状物,刹那间漏完,心里默默祈祷:时光啊,慢些,慢些,待我把想要做的事情一一做完。

最美初心

一

黑夜。趁着窗外淅沥的雨声，我把所有藏匿在心底的秘密都交给眼泪。

在这样一个夜晚，恍惚间，活了这么久，享受了这么久的快乐，才明白是一个名叫虚构的童话大师赠予的。

是的，没有人会注意到我眼睛里依然燃烧的热情，只有我自己，顺着自己的脚步，找寻那些被风吹乱的碎片，小心翼翼穿缀起来，视作珍宝。

所有人可以为流星摇曳耀眼的火焰出行击掌喝彩，所有人会忽略流星带着灰烬走进家门。

现实闯进理想的领地，嘲笑那些花草实在是幼稚，理想的花朵，抚着零乱的伤痕，猝死的瞬间，才感觉原本很近的世界，其实很遥远。

心里变得晦暗，是因为染上了风寒。遥想当年那个举杯邀月的李白，是用酒催开一朵花的璀璨，还是请月亮在内心扎起一方营盘，从此让夜晚变得莹润通透？

我要去哪里？

面前横七竖八的路，似乎有很多选择。其实，谁都知道有许多选择的时候，实际上就是没有选择，就是无法选择。

无法选择的时候，让世界喧哗，我只想选择寂静，选择自己一颗初心。

二

整理抽屉里的旧物：获奖荣誉证书，录像课光碟，学生赠送的贺年卡，恍然惊觉，一切过往，并不是过眼烟云。

前些时，填写"乡村教师30年履历登记表"之后，内心竟然盈满了暖暖的，却又说不清的感觉。

细数经年往事，发现它们是栽植在平凡土壤里的丰腴花朵。一瓣初心，一瓣渴望，一瓣艰辛，一瓣欣喜。

永远也不会忘记，在那样一个夜晚，邂逅苏联电影《乡村女教师》的情景。刚刚走上讲台的我，年轻的心，被点燃。坚信要走这样的人生之路：走近孩子们，走进一颗颗童真的、懵懂的心灵，和他们一起感知，一起吟诵，一起探究，一起成长。

不眠的夜晚，亮起的灯盏下，光阴濡染笔尖，岁月凝成素净的诗行。然后，一朝又一夕，一年又一年，窖藏成馨香的陈酿，温暖和惊艳那双眼睛。

就这样，守着一颗初心，曾经悄悄掩藏起疲倦和新愁，也曾悄悄擦去泪水，让脸上每一寸肌肤都漾着喜乐。一曲《长大后我就成了你》，所有的痛，所有的伤，所有的不甘，都会在瞬间消解。孩子们的一声问候，一个朝霞般的笑靥，足以让我沉醉许久许久……

作为一名语文教师，我非常感性。

我会让我的课堂氤氲诗意的氛围，我会想方设法让孩子们感知"蒹葭苍苍，白露为霜，所谓伊人，在水一方"的浪漫，也会让孩子们领悟"路漫漫其修远兮"的凝重。

我向往抵达一个有滋有味的教育人生。

最美的时刻，一定是我的悉心点拨，犹如一枚小小火柴，点燃了冲天的火焰。

非常喜欢老树笔下勾画的处处花境。春夏秋冬，无处不花。我想，我这个育花人，山一程，水一程地走来，风雨一路，阳光一路地走着，什么都可以遗失，什么都将丢弃，唯愿一路有花绽放。等老得再也走不动的那天，白发苍苍的我，停歇花旁，微笑花中，静默成为一幅图画，那画的题名，一定就叫——初心。

第三辑　女子是好

女子是好

作为喜好读书写字的女子，我总爱用感性的目光看待事物，无论是具体的还是抽象的。

此刻我正用手指不停地在桌子上写着一个字：好。

事实上，当这个字第一次映入我的眼帘，我便喜欢上了。

记得上小学时，认读到这个字的时候，老师分别把写有"女"字和"子"字的卡片一左一右展示在黑板上，然后往中间一并，微笑着说：一女一子合在一起便是个"好"字。听着老师解说的瞬间，我便记住了这个字。

岁月流转，历经千帆，忽然发现这个"好"字，似一枚橄榄，越品越有味道。

好，在生活中的使用频率很高。

有求于别人以询问的口吻说出这个字，答应别人的请求以爽快的口气说出这个字。

朋友相见，寒暄祝福：你好！

游子拿着电话,向遥远的那一端送上问候:

爸爸妈妈,你们好吗?

师生课堂以相互问好开始。好,打开了一扇友善的窗,开始了一个和谐探究的知识之旅。

好,是美满家庭团圆相聚时的温馨图景。

每逢佳节,有女有子,膝下承欢,是普天下的老人最欣慰的事情。

好,还是从爱情走到婚姻的故事。

女子和男子邂逅,碰撞出火花。彼此的心,渐渐靠近,直到有一天,彼此爱着对方的爱,痛着对方的痛的时候,就手牵着手踏上婚姻的红地毯,开始了相携相伴的人生旅程。

还真得感谢造字的先祖。

他一定是用欣赏的目光看待女子的。因为他把良好的意愿融进字中——女子是好。

他深知女子在这个世界上所起的重要作用。女子承载着繁衍后代的重任,承载着家的一半天。没有女子,就不会有一个饿了累了冷了能够歇息停靠的港湾。没有女子,孩子就不能享受母亲的爱抚。

仔细瞅瞅这个"好"字:"女"字在前,"子"字在后,莫非昭示着女性生来就得有担当?

媚

在很多描述女子气质的词语里,我独独偏爱这个词儿。当然我是拒绝它和"妖""狐"之类的词成为搭档的。

在我的眼里妖媚或者狐媚,那是描述如同《封神榜》里苏妲己那一类的女子的。

她们,衣着颜色浓烈艳丽,画着性感的红唇,扬着骄傲的眉毛,即使是不说话,那眉宇间也透露着不甘寂寞的野性。她们用近乎放肆的眼神,打量她们身边过往的每一个人,灵敏的嗅觉,让她们只肯把心泊在热闹繁华处,认定那里才是自己一生的归宿。为着这个追求,可以不计成本,这一点,在我看来,她们犹如飞蛾。飞蛾就是对灯产生了爱情,哪怕灯燃烧着炽热危险的火焰,也会奋不顾身扑上去。

曾经听一首老歌《雨蝶》,其中几句歌词击中了我的心怀。

"爱到心破碎,也别去怪谁,只因为相遇太美,就算流干泪,伤到底,心成灰,也无所谓。"

我想,那些把哪怕是第三者插足也当成是真爱的女子,一定在心里一千遍一万遍重复着这歌词所描述的意蕴。

她们愈是被别人骂成妖媚或者狐媚，愈是自信十足。

每每看见或者听见这样的八卦故事，总是不免叹息：唉，可惜了啊，上苍给了她们天生丽质，竟然不懂得珍惜。生生在自己的额头上贴了"妖"或者"狐"的标签。

要知道，"妖"，是女子丢掉了魂魄，失散了精神，只能借别人的身体，才能呈现于人间；而"狐"，则完完全全由人堕落成了动物啊！

所以，我独喜欢"媚"这一个单音节词，也喜欢用这个字去赞赏那样一些女子。

她们，栖身于红尘间，却能够为自己辟出一方属于自己的天地，做一朵自由行走的花。浓妆是绝没有的，淡妆总是有的，她们知道这是一个女人对生活保留有激情的标志。但这淡妆是有节制的，绝不会掩盖了原始版本。

生活里认识这样一位女子，本不喜欢喝酒。但因为爱上的那个人喜欢酒，于是她也心甘情愿地爱上了酒。后来让她喜欢上酒的男人离开了她，她并没有因此而颓废，也没有因此让自己的生活杂乱无章。她依旧淡妆出入，将精力放在所追求的事业上。白天是从容处理政务的中层领导，夜晚是潜心于文字，醉心于书香的知性女子。寂静的夜晚，守着身边已经酣睡的孩子，把玩着刚刚收到的杂志社签约作家证书，独斟一杯自酿的红葡萄酒，吟哦"东篱把酒黄昏后，有暗香盈袖"，慢品轻啜，好不自在。

岁月如水自在流，一杯美酒醉红颜。世间女子没有哪个不愿意以媚示人吧？

关键是，媚不媚，不只是上苍赐予的美丽容颜，还在于你是否懂得何时扬眉和何时低眉，能否在任何时候方寸不乱守住宁静。

那天，阅读一篇博文，看到作者说菩萨总是低眉的字样，我便仔细看看偶尔收藏在空间的几张观音菩萨图片，果真，菩萨是低着眉的，宁静中周身都透着妩媚。

我在想，什么时候自己能修炼成这个样子呢？

清荷远观独寂寞

清荷远观独寂寞。我是怀着莫名的心绪写下这几个字的。

写下这行字,是因为重读红楼又读到了林黛玉的那首《葬花辞》。

"花谢花飞飞满天,红消香断有谁怜?游丝软系飘春榭,落絮清沾扑绣帘,闺中女儿惜春暮,愁绪满怀无着处;手把花锄出绣帘,忍踏落花来复去?"

黛玉的葬花辞读过多遍,常读常新。当下,我的眼里,黛玉是一支遗世独立的清荷。我想说,黛玉葬的哪里是风中落花,分明是她的寂寞。

红楼有描述:"无事闷坐,不是愁眉,便是泪眼,且好端端地不知为什么,常常的便自泪自叹。先时还有人解劝,或怕她思父母,想家乡。受了委屈,只得用话宽慰解劝,谁知后来一年一月的竟常常如此,把这个样儿看惯,也都不理论了。"

寂寞是黛玉的生活常态。

探究黛玉寂寞的根源,我以为首选原因是她没有朋友。

偌大的红楼园子,除了宝玉,有谁能懂她,有谁能听她心语低述?

没有。

黛玉活得很累，活得不快乐。因为她的直率尖刻，因为她的不圆滑。她没有朋友。就连那温柔敦厚的宝钗无意间听了别人的私密话语，怕惹上是非，都想着嫁祸于她。

可是，没有朋友，这怎么了得？！朋友在一个人的生活中很重要。朋友是什么？朋友是严冬融化冰雪的那一抹阳光，是暗夜驱散迷雾的那一盏灯火。朋友可以宽慰你郁闷的心怀，朋友可以分担你的忧愁。

黛玉不明白这一点。她不懂得朋友多了路好走。和人相处显得非常笨拙。贾府的下人，都知道她是个不好说话的主，对她不是敬而远之，就是背后乱嚼舌头，搬弄是非。

就这样，她把自己这样一个满身清雅之气的女孩儿，推到旋舞的风中，如同一片叶子随风起起落落，一个人扛起生活中所有的问题。

其二，黛玉太多愁善感，太忧郁，心理不健康。这是她爱情失败的死穴，所以她只有寂寞痛苦而死。

你想啊，一个人经常哭哭啼啼，悲悲戚戚，谁受得了呢？宝玉虽然因为爱着黛玉，处处让着黛玉，哄着黛玉，但也难保证两人爱情的天空永远阳光灿烂。

也正是由于长期忧郁伤感，黛玉时常抱病柔弱不堪，连贾母都叹恐怕不是寿命长的人，给宝玉选择媳妇儿，偏偏看好那个生着丰腴玉肌，温柔敦厚，善解人意的薛宝钗。

第一次读红楼的时候，我还是个初中生，读到宝玉娶宝姐姐为妻，而黛玉气绝仙逝的情节，不免为黛玉掬一把同情的眼泪。同时也很是疑惑：黛玉，这么有才华，这么美丽，为什么没有一个好的归宿呢？

成年后，因听到一学者闲谈红楼人物时放言：娶妻当如薛宝钗。于是再度捧读红楼。

我似乎也有了同感。吟哦着"空对着山中高士晶莹雪，终不忘世外仙姝寂寞林"，我想，林黛玉，如果生活在当今时代，仍然不改初衷，坚守自己的独特个性，那么，她这个美女恐怕真的要做剩女了。

果不其然，偶尔浏览报章，看到一个对男大学生的专项调查：如果让你在金陵十二钗中选一位意中人，你会选谁？结果只有2%的人选择林黛玉。林黛玉真格是寂寞到家了。

和黛玉相比，看看现在咱周围的美女，那已经是冰火两重天。她们从小就听大人们说，女孩子有张漂亮的脸，就是一张有用文凭，她们懂得充分利用这个得天独厚的资源，把自己的生活拿捏得风生水起。她们的生活多精彩啊。出门有人给开靓车，吃饭有人席设酒店，哭了有人给递上一方纸巾，情人节有人送玫瑰，生日有人张罗party，被快乐和宠爱包围，被多少颗心多少双眼追随着，幸福得如同女皇……

美女林黛玉，她饱读诗书，才华横溢，卓然不凡，并且没有侵染仕途经济的污浊。她过于真过于纯，如同立于池塘的一支清荷，独秀于红尘间，不染人间烟火，不着世俗微尘。她永远不可能像薛宝钗那样洞察世事，人情练达，她只能饮尽寂寞，消隐于俗世。

花自飘零水自流，如今再无潇湘子。

美丽的清荷，远观可以，把玩或者效仿，谁真正能做到呢？也许有人想，但这很难。

清荷，栖息在现世人们的梦里，只是一道靓丽的风景，偶尔作为风雅的点缀。

红颜旧

雾霾连连，雪花纷飞。牡丹和玫瑰却开了。先是开在我的掌心，接着开在我的心里。

冒着酷暑，顶着炽热阳光，在浩瀚戈壁滩上捡到的金丝玉原石，经过玉雕师傅的巧手雕琢，开放成雍容的牡丹。把玉牡丹托在掌心，细细端详。

浅色的这朵，层叠的花瓣，仿佛是蛋糕师傅随手用奶油做出的，闪着润泽的柔光。花瓣的末端，则呈现出鹅黄色，好似面包在烤炉里略略烤了一烤，着了一点色。而在一片花瓣的底部，有一点似铁的锈迹。那是玉石上的一点瑕疵，玉雕师傅说，曾经很努力地想避开它，但终究还是没有完全避开。遗憾之余，以这点正好证明是真玉来安慰自己。

红色的这朵，接近花蕊的一处花瓣，点染着一抹隐隐约约的豆绿。正是这样的一抹，让红牡丹灵动了许多。

正好，玫瑰也是一深一浅两朵。深色的，整体似一深黄色象形果冻，浅色的则如一颗象形奶油糖。

摩挲这些玉花儿，思绪联翩。

关于牡丹，第一次的概念，是通过文字结识的那位山东菏泽的文友而得来，他热情介绍了家乡的牡丹，并且还给我邮寄了几粒牡丹花籽。只是可惜了这些牡丹花籽，由于种种原因最终没有发芽长大。再就是那部电影《红牡丹》和那首《牡丹之歌》，那位叫姜黎黎的演员饰演的英姿飒爽的红牡丹，给我留下了深刻印象。而《牡丹之歌》是我至今喜欢哼唱的歌曲之一。

玫瑰，是早在孩提时代就已经知道，她是与爱情连在一起的。甚至曾经和几个要好的女孩子一起憧憬有那么一天，心中的白马王子，手持红玫瑰，单膝跪地的浪漫形象。

光阴荏苒。为人母，为人妇的我们，聚在一起，重提这旧事，不免自嘲：哪里有那么多浪漫可遇？小说，电影里罢了。那个记得在下班时分，买一棵白菜，拎一把青葱回家的男人，那个在你疲惫地走进家门，为你端上一杯热茶的男人，才是最可信赖的人。柴米油盐酱醋茶，寻常烟火氤氲的日子更实在！

生日，回老巢探望老父。车载音乐放着《琅琊榜》上的插曲《红颜旧》。

红颜旧，红颜旧。听着曲子，跟爱人又提起牡丹和玫瑰的事儿。我告诉他，自己心中有个比方：一个女子的少女时代，犹如玫瑰，芬芳四溢，充满梦幻。一个女子的中年时代，犹如牡丹，丰腴雍容，流溢华美。牡丹殷实，玫瑰浪漫，各美其美！

想起李白写的牡丹诗词："云想衣裳花想容，春风拂槛露花浓。若非群玉山头见，会向瑶台月下逢。"朗朗月色，富丽花容，是何等美呀。

还有宋代杨万里有一首题为《红玫瑰》的诗歌写道："非关月季姓名同，不与蔷薇谱牒通。接叶连枝千万绿，一花两色浅深红。"

067

诗人们，以他们敏感而充满才气的笔触，为牡丹和玫瑰造一幅诗意浪漫的像。

那么，一个女子的老年时代又会是什么呢？

无物可比啊！唯三个字：红颜旧。

仍记得第一次有年轻人带着的小孩叫我奶奶的感觉。仓皇地，震惊地，声音颤抖地问身边的那人：唵？我老了么？我们老了么？不老！我们还不老！显然那人的话纯属安慰。因为他撒谎的时候，眼睛里的光是游移不定的。也曾经站在山顶目睹过那一抹斜阳，山岚掩映。"日暮苍山远"，望着苍茫的群山，有荒寒的意绪，一时间弥漫开来。

爱人为我说红颜旧三个字时的镇定而惊叹。

的确，自我面对摇曳的烛光，双手合十默默许愿，姊妹们，小辈们的祝福声响起的时候，我猛然对读书时遇见的"低眉"二字有了顿悟。

人生匆匆，年少时憧憬的一切，哪些已经是即成现实？哪些还是我久久仰望的高度，也许今生已经无法抵达？

红尘路途，万千里路云月，一颗心儿，最终如同炫耀在高枝的那些红硕的花朵，需要悄悄，悄悄地随风落下，低到尘埃里。爸爸妈妈脸上的那些曾经让我触目惊心的皱纹和白发，也正在我这里出现。时间如同沙漏里边的那些沙子，毫不留恋地在瞬间漏得干干净净。

低眉之后，真正把一切过往，汇集归拢，发现有许多在岁月的烟火中燃烧历练淬火后，竟然那么晶莹剔透，成为宝石，足以让我戴在胸前，或者装点在指间。

低眉，一颗心，还会开出花儿，不曾苍老。可以，从容地对镜端详鬓间那些丛生的白发，不再慨叹：红颜已旧。

素衣白裳

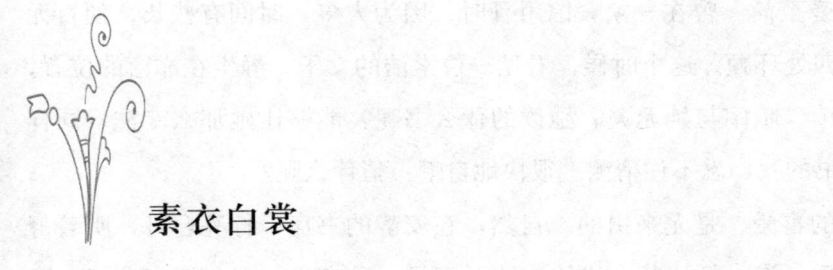

我偏爱素白。老友相逢，端上素雅白瓷的杯子，泡上些许香茗。一杯茶，即可坐到月白风清，光阴老去。

欣赏友人博客里边晒出的那款青花瓷瓶，瓷白里晕开的点点水墨，清朗，俊逸，望着，望着，感觉周围的空气都是透明的，清凉的。

因为职业的关系，已经多次阅读《诗经》里的《蒹葭》和《关雎》。或许是太过于善感了，素衣白裳的女子，闯入心底。她衣袂飘飘，或者轻盈地站在水边含羞微笑，或者就是站在船边弯腰伸手捞着水中的荇菜。

微笑的女子，劳动着的女子，如同一支凌波的白荷，总是会让男子倾慕的。你看看，那个心儿早为姑娘化为水鸟的男子，要驾着车子，弹琴唱歌，敲锣打鼓，要迎娶那位勤劳的姑娘回家了。而那个被永远站在水之湄的姑娘锁定了目光的青年，则要一路辛苦地追，追……

我至今惦念着千里寄信却不着一字的素帛，真诚为这个聪慧痴情女子点赞。她为爱人送上的恐怕是这世间最深的思念了，没有千言万语，只是长着双翅，风吹，便穿越八千里路云和月。

身着素衣白裳的女子，大概心境都简单到至纯至真吧。

她们懂得删繁就简。她们明白有些花儿无论多么艳丽，也会在光阴里越来越淡，日子，也会由花红柳绿的喧闹变成素淡的寂静。她们在自己的人生里，裁减掉那些不必要的负累，浓情的心境，也稀薄了，如同暮霭里收拢花瓣的睡莲，不事张扬。

大爱至简。曾在一家餐馆用餐时，因为人多，时间有些长，便百无聊赖，四处环顾。这个时候，看见一位素洁的女子，静坐在靠窗的位置，低头阅读。喧闹与她无关。她读的什么书呢？能够让她那么专注。同样喜欢读书的我，忍不住猜测。很快地自嘲：猜什么呢？

人的喜爱，是无来由的。自然，在安静的书房，拧亮台灯，听着舒缓的音乐，泡一杯清茶，边饮边读，真是一种享受。但，读书入境，哪里还顾得上那些斯文，那些讲究了呢？

隆冬季节，读着张岱的《湖心亭看雪》那段著名的白描："雾凇沆砀，天与云与水，上下一白。湖上影子，惟长堤一痕、湖心亭一点、与余舟一芥、舟中人两三粒而已。"忽然起意，要去城边的北湖看看。冰雪覆盖的北湖，只有我和爱人踏雪而来，脚底发出咯吱咯吱的响声，异常的响。特意去看了夏天开满荷花的那一隅，白雪中露着破碎的褐黄的荷叶。眼前的寒瘦，我却并没有感到凄凉，反而添几分踏实。

安之若素的女子，素衣白裳，心无旁骛，坐在喧嚣之外，指尖染香，舌灿莲花。可以，在断砖残垣中撒下种子，让生命覆盖荒芜，养一畦露水，映射太阳的光芒。

夜晚读书累了，听一首叫《锦鲤抄》的歌曲。

"晨曦惊扰了陌上新桑，风卷起落花穿过回廊，浓墨追逐着情绪流淌，染我素衣白裳。"

好古典的词曲，且歌曲的创作者是一位90后。不禁心生敬意。

那位裙裾沾染了荷香的女子，那位素衣白裳的女子，在绵绵细雨中向我走来。

素衣白裳，如同清水点墨，白雪映梅，那么刻骨铭心楔入心底，清晰可触，难以忘怀。

自我倾杯

"花间一壶酒,独酌无相亲,举杯邀明月,对影成三人"。自那日在图书馆翻阅了有关李清照的文字,李白的这几句,就一直在我的脑海里浮现。心心念念,想为清照写点什么。

自—我—倾—杯,轻启红唇,念着这四个字,心中顿生愉悦。

这四个字,如同四颗金黄莹润的玉珠儿,一颗一颗掉落到一个洁净的青花瓷盘,叮叮当当,响起清越的声音。

对,用这四个字,写写李清照这位奇女子,再合适也不过了。

李清照的词,婉约,或悲,或喜,或愁,都显现着女子独特的细腻,清新。令人称奇的是,她留下的词作,据说有二十几首都和酒有关。

选入中学课本里的那首《如梦令》,就写到酒。

"常记溪亭日暮,沉醉不知归路。兴尽晚回舟,误入藕花深处。争渡,争渡,惊起一滩鸥鹭。"

在溪边的亭子里边饮酒赏景,个人,还是与友人?虽然词中没有描述,但我想,一定是和友人,一边饮着美酒,一边赏景聊天,真是个快乐无比的日子。美酒美景，酒和景恐怕都让人沉醉了。否则，怎么能够到了暮色苍茫时，还没有回家呢？而后，划着归家的船儿又误闯进荷花丛中，惊得鸥鹭扑棱棱飞起。真的是酒酣兴尽啊！

如此放松，真让我等生活里过得一地鸡毛的女子豁然开朗：何不放下一切，同病相怜的闺蜜，也来个互相邀约，把淤塞在心的东西清空一下？

似乎做女人有些小情小调的，也会招人怜爱一些吧。看看人家"东篱把酒黄昏后，有暗香盈袖"，"年年雪里，常插梅花醉"，过个重阳节，也能够诗意满怀：踏雪赏梅，也如少女般活泼，顺手折几枝梅花，插在鬓间。想想我们，赏赏花，是可以的，但要饮酒，还要作诗的格局，恐怕是要感到有些气喘的节奏了。

生活的天空，不可能永远艳阳高照。心情不好的清照是怎样的呢？

《忆秦娥·临高阁》"断香残酒情怀恶，西风催衬梧桐落"。《蝶恋花》"酒意诗情谁与共？泪融残粉花钿重"。"独抱浓愁无好梦，夜阑犹剪灯花弄"。

悲凉的心境里，看到满地的落花、树叶，也伤感地流泪。深夜无眠，孤独地剪着灯花。何以排遣，何以解忧，只把这些郁闷，搁置在这些幽怨缠绵的词中慢慢消解。

能够在生活的荒寒里，用文字取暖的女子，有福了。

女人的幸福，莫过于国安，家和，相夫，教子。清照很不幸，国家破碎，和丈夫也是聚少离多，后来，幸福的爱情在乱世中破碎了。再寻幸福，破碎得更惨烈，甚至于身陷牢狱。

凄凄惨惨戚戚，怎一个"愁"字了得！也难怪她"人比黄花瘦了"。

然而，就这样一个女子，竟然也有壮怀激烈的一面：《渔家傲》"我报路长嗟日暮，学诗谩有惊人句。九万里风鹏正举。风休住，蓬舟吹取三山去！"有人叹说：如果不知道词作者的情况下，应该很难猜到是出自李清照之手。连梁启超都说："此绝似苏辛派，不类《漱玉词》中语。"

此样心境下的清照如木兰那样披挂上阵的话，那一定会豪爽地端起酒杯，一饮而尽，从此八千里路云和月，征战沙场。

女子，也是敢于有所担当的。不是吗？

第四辑　心灵上空的幻影

如果我也老了

回老巢（自出嫁后，我就把原来的家称为老巢了）看望父母。

饭后，自然是要抢着进厨房收拾杯盏碗筷，以尽做女儿的心意。本打算待收拾完后和母亲说说话，不料想，母亲却倚在沙发的一角，头微微低着，眼睛微闭，一副瞌睡疲倦的样子。电视机开着，正热播的韩剧，似乎也提不起母亲的兴致。轻轻推推，示意到床上去睡，小心着凉，但被母亲拒绝了，理由是，她只是打个盹而已。

父亲不知道什么时候出去了，不在房间。抬眼向窗外寻找，看见父亲，坐在楼后路边的水泥阶梯上，两手抱着半屈的双腿。仰着脸，看路上来来往往的人从自己眼前走过。

眼见着父母这样的情形，我最初多少是有些恍惚的。我不大相信，对任何事情都充满好奇心，都精神灼灼去探究一番的母亲，会一下子变得了无趣味。我也不大相信，那个边干活边哼唱苏联歌曲的父亲，那个一天到晚为了一点琐碎絮叨没完的父亲，会突然安静寂寞，面对儿女，也是一副失语状态。而当我明白过来的时候，泠泠凉意满溢在心间了。

衰老的父母，都很瘦。骨骼和皮肤之间的肌肉如同阳光下的积雪，被岁月消融得很薄很薄。母亲的牙齿已经掉光了，吃饭完全靠牙床磨压，才能使食物碎烂。父亲还有几颗稀疏的牙齿，但在吃饭的时候，也只愿意吃点特别细软的菜肴了。

岁月的烟火里，父亲、母亲老了。如同淋湿在秋雨里的树叶，随风无奈地飘落。

他们的衰老，让我对自己的生活有所警醒和思考。

审视自己的身体，肌肤还算光洁，头发黑而密，偶尔在缝隙里会发现有一两根白头发。眼神里还泛着激情的光彩。可是终究有那么一天，会如同父亲母亲那样老去。

可是，我可以肯定地说，如果我老了，我绝不要父母现在这样的生活状态。

观看老年秧歌队表演，看见邻居大娘身着红衣绿裤，手拿水红折扇，满脸喜气地踏着鼓点扭动着身体，我想，自己老了以后，若有这样一幅理想状态，也很好了。

人都说，人老了容易寂寞。如果我老了，我要让自己没有时间寂寞。

我可以去做自己年轻时想做，但没有时间和机会做的事情。少年时，参加学校文艺演出，因为声音好，胆子大，被导演老师重用。既当报幕员，又是合唱中的领唱。还曾梦想着将来当一名歌手呢。但命运的机缘没有让我成为歌手，而成为一名教师。我老了，可以自由支配自己了，我去文化宫找一位声乐老师，学习练声。美声或者民族唱法都行。或许还可以到星光大道闪亮登场呢。

我还可以和老伴静坐房间的一隅，把自己隐没在冬日洒进客厅的阳光里，微眯着眼，把原来无法静听的理查德·克莱德曼的钢琴曲，一首首在CD机上放出来，慢慢欣赏。走进《星空》，走向《水边的阿狄丽娜》。

或者还可以约上志同道合的老友，经常坐在一起聊聊天，回忆回忆童年，朗诵一下年轻时写下的诗文。

我曾扬扬得意地这样向母亲宣告我的计划。母亲看看我，很久没有说话。半晌才轻轻说，孩子，我们经历的是你所未曾经历过的，我们所感受的也是你所未曾感受的。时代的原因，我们来不及准备……

听了母亲的话，我忽然觉得自己有些残忍。我犯了一个严重的错误，我没有权力裁判父母的生活。

不过有一点，得感谢母亲，她提醒我，趁还年轻，要准备足够的智慧，足够的宽容和善良，更要准备足够的健康。这样，如果我老了，就可以从容面对衰老，过有滋有味的老年生活了。

与花为伍

我一直钟爱各种花草。

每每逢着喜爱的花,总要驻足品赏一番。这花若是集市上摆着卖的,总是毫不犹豫地掏钱捧回,若是人家窗台花架上搁着,总是请求主人能慷慨地剪取一节枝条,送给我这个花痴。枝条拿回来,小心翼翼地植进花盆。花盆里的土,用手一点点捻成细碎的粉状,并且掺和了同样用手一点点捻成粉状的肥料。花栽好了,浇上水,人的心便牢牢和花牵系在一起了。那情形就如一首名为《兰花草》的歌里所唱:朝朝频顾惜,夜夜不能忘。一天不只看三回呢。

光阴流淌,每一分钟都在变旧。一路风尘中,人最容易倦怠。在一个地方待腻了,就想着到别处看看;和相亲的人处得久了,就心生嫌隙,找个借口离开。换个发式,淘件可心的衣服,或者约上朋友去吃一顿自己厨房里做不出的风味小吃。

业已中年的我,也开始对一些人一些事有了倦怠,可是,唯独对花儿们,依然是目光灼灼,毫不厌倦。也许,在花儿那里,可以找到我们还来不及厌倦,就在弹指间悄然别去的青春吧?

我想起了旧事。

少年时,和好朋友茗,总是在春天四处收罗那些漏了底子的镀瓷铁盆,然后去松林里挖回一兜兜黑色泥土,种下一种叫作凤仙的植物。凤仙发芽了,凤仙长叶了,凤仙打花苞了,我俩每天放学做完作业,就蹲在盆边细细地看着,热烈地憧憬花开的时候。

花开了,摘下亲手种植的凤仙花瓣,放进花瓷碗中捣成泥状,敷在手指上细心包好,耐心地等待几个小时。小心翼翼揭开指尖的纱布,看见指甲上红色的绚丽时,我们小小的心怀,溢满快乐。

那时的我们,飞扬着青春的梦想,却又是那么善感脆弱。刚刚认识了哆、来、咪、发、嗦、啦、西七个音乐符号,就异想天开,为自己写下的诗歌谱曲。中考在即,晚霞映照的操场上,我俩爬到高高的篮球架横梁上坐着,轻轻哼唱刚刚学会的《晚霞中的红蜻蜓》。我们唱着,掩饰着心底对未卜前途的恐惧和忧伤,但眼里还是止不住流下泪来……那时我们多么年轻啊。

不知是谁说过:人一怀旧,心就开始老了。可我却抵死反抗着,曾对镜自语:不,我的心不老!与花为伍的人是不会老的。

现实中,我钟爱花草,在虚拟的网络里,也常与花们结缘。浏览博客、论坛,看到花儿的图片欣赏玩味之后,总是放进收藏夹中。为了浏览查阅方便,专门制作了相册,保存在自己的个人空间里。

偶尔的一个机会,我爱上了一款与花有关的游戏——玫瑰小镇。那里成了我忙完工作,忙完家务琐屑,读书写作之余,栖息心灵,愉悦心情的好去处。

点击"1314.qq.com",进入我的玫瑰小镇,映入眼帘的是各色鲜花。天山雪莲,金牡丹,兔耳花,平安果,蓝色妖姬,荷花,睡莲……我用种植的花朵,在属于自己的花园里摆了一个大大的心形图案,且配上一个英文单词"love"。

　　虽然是虚拟的，但劳动是一样也不少。浇水，施肥，除虫，翻土，收花，卖花。不同的花，有不同的生长过程。若想一睹花儿们的芳容，还得有足够的耐心。办公室有一个80后小友，常常猴急地问我，能否有办法让花快点开放，我笑答：一颗匆忙着急的心，怎能品尝到收获的甜蜜滋味呢？她拇指一竖：哇，玩种花游戏，也玩出禅境了啊！

　　巧得很，我从事的也正是被人们唤作"辛勤的园丁"的职业。站在那方三尺讲台上，望着那些求知若渴的眼睛，我的内心充盈着莫名的感动。

　　那天，在中考复习的最后一节课上，面对即将参加中考，正值花季的少男少女们，我说，感谢你们，是你们成就了我的育花人生。

　　有两个女孩子，送一盆花给我做毕业纪念。面对那些星星般花朵，我默默用一句话勉励自己：选择了园丁的职业，便要对花草钟爱一生。

　　花在园里，人在屏前。花在盆中，人在路上。不疾不徐，恬淡安详，借此混迹于花的江湖，静待花开，与花为伍。

永远的沙枣树

我喜欢仰望树，仰望这些算不得美丽的沙枣树。

第一次认识沙枣树，还是在前去探望生活在沙漠腹地莫索湾的叔叔的路上。

它生长在白花花的盐碱地上，给人以一种沧桑感。它的树干粗糙，仿佛老农那双因长期劳作而不得保养的皮肤皲裂的手。叶片是灰绿色，那"青翠欲滴"的词儿用在它身上，是绝对不合适的。暮春时节，这灰绿色的梗叶间，有米黄色花朵绽放。花朵也实在是太普通了，比米粒大不了多少，色泽极淡，似乎一阵雨水就可以把它那点美丽冲刷去。若不是它独特浓郁的香味儿，有谁会肯对它多看几眼呢？

这和榆叶梅、桃树、李子树相比，沙枣树实在是其貌不扬。当我把这样的感觉告诉叔叔时，叔叔脸上现出严肃的表情，他告诉我说，可是我们在农场这片土地上劳动的人，就指着它长精神呢！也许，是我还年轻的缘故，那时对于叔叔的话，并没有放在心上，更没有深思。

后来，在辅导学生学习写家乡风物的作文时，我便想起了这沙枣树。上网查了关于沙枣树的资料，才知道这沙枣树实在是一种了不起的树。

沙枣树，在植物学上属胡颓子科胡颓子属，为落叶乔木。起别名有银柳，香柳，桂香柳，七里香。它繁殖能力很强，成活率高，无论播种，植苗，插苗，还是压条，根蘖分株，无所不可。即使是最朴实的根串三千里的芦苇草都难以存活"万物萧疏"的恶劣环境，它也能够扎根生长。

沙枣树，生长在瘠薄的旷野中，经受沙尘的历练，也在燥热的风中经受焦渴的熬煎。然而，沙枣树坦然地兀自生长着。虽然因为普通，常常被人忽视，虽然因为平淡，常常被人冷落。它不在乎别人的态度，它不会因为环境的改变而失去固有的本色。春天，萌出新叶，夏天撑起浓荫，秋天捧出果实。年年开花，岁岁芬芳。它随遇而安，贫瘠里，拼命为存活而抗争，丰腴中，又从容地安守清淡。

深思中，我恍然大觉：叔叔是农场的一位拖拉机手，没有干过什么惊天动地的大事业，只是开了一辈子的拖拉机。之所以能够年复一年，日复一日，以耕地和运输的方式过着自己平凡的日子，沙枣树，就是叔叔心中的精神肖像！

那日，我怀着莫名的情愫走进那座承载着兵团建设发展史的军垦博物馆。当进入那个著名的体现军垦创业年代的半景画展厅，看到那幅再现当年战天斗地的军垦战士火热生活的画面的瞬间，我仿佛一个虔诚的朝圣者，历经千辛万苦，在快要绝望的时候，一下子寻找到了自己朝思暮想的圣地，眼泪悄然涌出眼眶，喉头哽咽。

他们，唱着《南泥湾》，奋力拉动着犁铧创造了天蓝水清树绿的新天地的一群，不就像生活在瘠薄荒野的沙枣树么？

和这些军垦前辈相比，我发现，我活得就远远不如他们洒脱。风来了，雨来了，心情总是因之改变，更多的时候，把世界想得很复杂，为自己考虑得太多了点，于是，那个叫作"心"的容器里承载着悲喜，承载着世态炎凉，被人生的许多不如意折磨得寝食难安。

我想，生活在尘世的我，非常需要停下匆匆的脚步，仰望这沙枣树，在仰望中汲取保持淡泊从容的勇气。

残 荷

霜冷的日子。

跟朋友说，要去看桃源生态旅游区里的那片荷。

花儿已落，叶子枯黄，有什么看头？朋友蹙着眉头。

其实，忍看花儿飘零，不是我故作姿态以示自己非同众人，也不是我的独创和专利。

红楼大观园里的林黛玉林妹妹的垂泪葬花，寄托小女子伤感寂寞的情怀，写下的"明媚鲜妍能几时，一朝漂泊难寻觅。花开易见落难寻，阶前愁杀葬花人；独把花锄偷洒泪，洒上空枝见血痕"，就有许多粉丝叹惋吟诵。

小城边这个唯一可以领略莲花风姿的荷塘，我曾经多次来过。"小荷才露尖尖角"时来过，荷的稚嫩青涩，是在我心底轻轻划过一道亮丽的彩虹，寄托着我的几分期许，几分梦幻；"接天莲叶无穷碧，映日荷花别样红"时来过，荷的鲜妍雍容，是在我的心底潺潺流淌的一条清澈溪流，喧响着我的笑语，我的欢歌；霜冷的清秋，我又来了。我来造访这些枯萎的、失去水分的残荷。

飒飒秋风里，曾经清丽秀美的荷，如今寂寞在风中。红颜凋敝，青润消减，形销骨立。

就这样，站在风中，我与这残荷目光交汇，心灵碰撞。

我听到荷的低语。

她用颤抖的声音诉说着往事。诉说走过的数个阳光灿烂或者阴雨绵绵的日子。诉说……她未竟的梦。

提起梦，我仿佛看到那初露的尖角，钻出水面，张开新奇的眼睛，那只小小蜻蜓透明翅膀上就驮着荷的梦吧？

曾听人说，没有什么比到了风烛残年，而自己青葱年代的梦还没有实现的更痛苦的事情了。高唱"八百里分麾下炙，五十弦翻塞外声，沙场秋点兵"的辛弃疾，末了悲叹"了却君王天下事，赢得生前身后名。可怜白发生！"吟咏"会挽雕弓如满月，西北望，射天狼"的苏轼，则是一生漂泊奔命天涯，病逝前怅然落寞……

那么，荷痛苦么？

荷并不回答我的诘问。

蓦地，记起早年在一本杂志封底看过的一幅画，画名为《残荷听雨》，满目枯褐色的荷叶，几枝莲蓬兀立于水中，蜻蜓已不见踪影，莲子恐怕不是被觅食的鸟儿充当了果腹的干粮，也是早已掉落到泥淖里了。还是青葱年少的我，对画画的作者抱有强烈的成见：如此衰败的残荷还入画？！

曾经的午夜，听陈悦的《乱红》。

笛子是我少年时就非常钦慕的一种乐器，而钢琴曾经让我感到是那么华丽和尊贵。它们和在一起漫卷着，钢琴低回跳荡的音符做背景，笛则如同一个衣着鲜丽的女子款款从幽暗处走来，一下子掳掠了我的心怀。凄美的旋律里，我看到一幅画面：冷雨霏霏，那曾经灿烂在枝头的繁花，香消玉殒在汪满雨水的泥地里。一地触目的鲜红花瓣，让我恍然惊觉：自己原来那成见，是多么的轻率和浅薄！人生历尽千帆，在同时间的对抗中，所有美好，所有生命都被证明是有期限的，艺术家们是在用自己的方式昭示这个惨烈凄美的过程和结果，且提醒人们在拥有时珍惜！

唐朝诗人李商隐，也一定是遍观秋日十万残荷，才偶得了那句"留得残荷听雨声"吧。

眼前满目的残荷，在岁月之河的淘洗中，褪去生命的铅华：袅娜的花儿踪影全无，就连曾经壮硕如伞的叶子，如今连苍绿也不曾留下了，叶面，被风侵蚀之后，只剩下褐色经脉缕缕，做生命的最后坚守。她守着自己穷尽一生积聚的财富——那一节节蕴蓄生命的藕，那样坦然、安详。

我恍然觉得，这深秋的残荷，多么像我那风烛残年的母亲！

母亲身体非常单薄，我对此很担心，我买来许多的营养品给她，而她常常忘记了吃。因生活和工作原因，我不能随时在她的身边照顾，无奈中便采用遥控方式，常打电话提醒她吃。可是，她似乎并不理解我的心情，有一次竟然在我发现买给她的营养品从未打开吃过而大发雷霆时，轻轻说：别为我担心了，我老了，就这个样了，一切都将在宁静安详中落幕。你还年轻，日子还长着呢。

前一阵，母亲病了，很重，无论我怎样劝说，她坚决不住院，我最终无语。我知道她怕麻烦她的孩子，她怕因为自己让我本来就拮据的日子过得捉襟见肘。

吟咏着李璟的"菡萏香销翠叶残，西风愁起绿波间。还与韶光共憔悴，不堪看。细雨梦回鸡塞远，小楼吹彻玉笙寒。多少泪珠何限恨，倚阑干。"面对残荷，我在心中默默为母亲祈福。我祈祷那个"在宁静安详中落幕"的日子来得慢些，再慢些。

心灵上空的幻影

母亲，如今老这个字，恐怕是我最不愿意触碰的字眼了。

因为我见证了你，作为一个女人走向衰老直至所有的愿望几近破灭的过程。同时也感受到你心灵上空的幻影。

你曾经润泽的肌肤，萎黄，憔悴。如同墙角被霜冷晨风吹得瑟瑟抖动的那朵干枯的雏菊。

有时候，我难以置信，眼前这个声音里充斥着薄凉的老妪，就是那个曾经精神灼灼养猪饲鸡，想着凭自己的力量，摆脱贫困的你？我更没有料到，一个梦魇在我人生的路口已经等候多时。

秋末冬初，路边的白杨树已经基本脱光了叶子，凉凉的天空，偶尔会有迁徙的大雁一边鸣叫，一边奋飞的身影。你悄悄告诉我，等着吧，一个神秘的故事就要开始了，主角是你，是我，是我们所有人。你甚至拉着我，要我放低身子，或者把耳朵贴近地面，你说，这样可以听到从远处走来的春天的脚步声。

我惊讶。我忽然发现你很陌生，陌生得让我内心泛起一丝恐惧。

咨询了医生，到书店里查阅有关书籍，才知道你的一个个梦想在现实生活中如同肥皂泡似的破灭后，你便把自己的灵魂栖息在幻听幻想的世界里了。梦魔来临，没有任何征兆，我没有准备，我措手不及。

那个瞬间，我懊悔极了。我懊悔，逝去的光阴里，粗糙的父亲忽略了你的需要，作为女儿我也忽略了你的需要。

不要为我悲伤，菩萨说要忍耐，要看淡，好日子就在不远的时光里。你在偶尔的清醒中，看到痛苦的我，你这样劝慰我。

是的，你说得对。痛苦，仿佛是嵌进生命里的沙粒，若能够用苦痛、血液，用坚忍去滋养它，小心珍藏着，若干年后，便是一颗价值不菲的珍珠。

可是，又有多少人能有这样的修为呢？

我们渴望成为盛放的花朵，却总想违背花朵的种子植入泥土的事实和规律，没有谁愿意淹没在泥土里。

现实就是现实，我们把生命的种子植入泥土的时候，要么是生长，要么是死亡，再也不会有第三条道路可走。

然而，我的这些想法，你已经无法明白。

你老了。当你意识到，自己只能给予孩子生命，无力给予孩子一个未来的时候，你苦苦支撑多年的大厦，便崩溃瓦解了。

在你苍凉的叹息里，我听到了无奈和酸楚。母亲，孩子哪里会责怪你？哪里会嫌弃一个为孩子耗干了曾经丰腴的身体的你？

时隔多年，我还记得我理想的花朵纷纷飘落的时候，你鼓励的话语，让我因为失败而晦暗的天空明亮起来。还记得你踏遍山野采制的药茶，让我上火发炎沙哑的嗓音重新变得清亮起来。还记得你朦胧在我睡梦里飞针走线赶做新年要穿的新衣新鞋的身影……

寒冷的冬夜，那个路旁，当我们找到走失的你，用力抱起你轻飘飘的身体的刹那，那时，我才知道什么叫痛彻心扉。

"趁着您还能听到,让我多喊几声妈妈;趁着您还能微笑,让我的目光驻留在您的面颊;趁着您依旧爱美,让我梳理您渐稀的白发。妈妈,有您在,我才是真正的娃!"

这是《读者》杂志上的一条获得特等奖的短信。我至今保留在手机里。因为,它道出了我的心愿。

母亲,今后的日子里,我会抽出时间陪你坐坐,听你讲故乡小河边那片芬芳的刺玫花,故乡山坡上那酸甜的山捻子。我会买来鲜肉,细细地剁碎,熬制你最喜欢喝的肉粥。我会在酷我音乐盒里收集你喜欢的老歌,每天放给你听。

母亲,当你用有些僵硬的手拿着钩针,脸上不再是木讷的表情,可以专注而安详地坐下来钩一双拖鞋的时候,当你会高兴得像个孩子似的欣赏着自己杰作的时候,我的心里充满感激和喜悦。我的康复训练计划生效了!

母亲,感谢你,把我带到这个世界,并且赋予我一双别样的眼睛,揣着一份别样的心情,行走在人群里,妩媚端庄。知道吗?每当有人提及我的新书《冰莲花》,我都会说,那是我献给你的书啊。

母亲,不要再叹息自己的一生非常失败,其实,女儿我就是你最成功的作品。因为,我懂得爱,懂得幸福的真正内涵。不要再感慨自己老了无用,其实,在女儿的生活里,你永远是不可或缺的一部分,因为,有你在,我就心安。

盛 夏

曾经的盛夏。

夏至，一年中白天最长、黑夜最短的一天，在曾经的曾经，这个日子，于我来说，犹如度过一个盛大的节日，因为，我满窗台绿色植物，和那些在母亲菜园边上点种的向日葵，需要这盛夏厚实炽烈的阳光。

这个夏至，我却没有了以往迎接它的欣喜和热情。因为，那个时刻，我守候着躺在医院抢救室里病危的母亲。

痛，挤压着我，而我无处可逃，也无法逃逸。

母亲仿佛被下了蛊，没有了素日的温良。她的眼睛溢满恐惧和仇恨。她仇恨自己为什么会一丝不挂地躺在众目睽睽之下，她不明白自己的身体上为什么要连接那么多管子。她说着只有她自己能够懂得的话语。

连缀母亲语言的碎片，我被旷世的惊讶和疼痛覆盖。这一切，是那么猝不及防，不由分说。

母亲从来都没有挣脱过年代和家庭给她的那个人生的烙印。尽管，她踏过千山万水，从烟雨江南逃到漠风塞北。

医院周遭的树林里，有鸟啁啾。望着它们起起落落的身影，我徒生羡慕：鸟儿们轻捷的羽翼，可以帮助它们抵达自己向往的高度。——真想自己，能成为母亲挣脱围困的羽翼。

我忽略了很多日子。这些日子里，我又忽略了母亲在渐渐走向衰老的事实。我甚至不知道，母亲拼尽心血追寻的灯盏，何时已被岁月的风雨吹落，却没有能帮她擦去泪水。

心衰。呼衰。肾衰。各种衰……望着主治医师张合的嘴，我屏蔽了所有的声音。

夏天，这些在冬天里枯瘦的树，有了丰腴饱满的树冠，阳光，雨水喂饱了它们。而我的母亲，身上连接着各种管子的母亲，却单薄得如一片雪，随时会被融化，被蒸发。

悔。这个意念，似一枚钉，楔进我的心底。往日，我是多么的麻木和轻飘。夜已深。我却不能寐。

听着身边母亲艰难的呼吸声，我觉得自己的心，似一件待洗的衣服，被一双手投进冰凉的水中，浸个透湿，然后在这双手中搓来搓去，接着又被捞起，又被拧呀拧的。疼痛如电，击向我身体各处的神经末梢。

我的面前摆着一个残酷的事实：一向健朗的母亲，现在衰弱到体重只有三十八公斤。手、脸、脚时肿时消。一天的活动也被局限在斗室。她没有力气走出门，走过五层楼的台阶到外边去。她只能伏在五楼的窗台向外望着落光叶子的柳树和对面的楼房。而且多数时间，若没有人跟她说话，她就靠着客厅沙发处于半睡眠状态。

晚上临睡前，打了热水，帮母亲泡脚。母亲的脚，消肿后，皮肤呈黑褐色，表皮干硬，裂开，表面形成网状纹路。摸着母亲的脚，我想到了树根。当这闪念出现的时候，我自己马上吃了一惊。

树根不是栽植在土里的物件吗？人的生命不是最后终止在泥土里么？我对自己此时产生的与死亡有关的意识，极为痛恨。但这意识，还是不时袭击和覆盖在我的心灵上空。

暗夜里，我恍然觉得母亲似一盏油灯，燃烧的火焰如豆，随时面临一阵风刮过即刻熄灭的危险。

上苍啊，让我的母亲好起来吧！我默默祈祷。

如果有可能，我宁愿自己的生命化作灯油，灌注在母亲这盏飘摇着火焰的灯里。

匆忙的时光里，一个家庭里恐怕最容易被忽略的人，就是母亲。因为母亲总是包揽了一个家庭里几乎所有的内容，强大到无所不能，无所不知，无所不亲力所为。

当岁月无情地销蚀了母亲骨骼里的钙质，让她曾经挺直的腰背无奈地弯曲时，作为她的丈夫和孩子，才猛然醒悟，可是却无法偿还，无法复原母亲为家而走失的青春。

好悔。好痛。

而今又到盛夏。上苍不接受我的祈祷。我也无法成为母亲生命灯盏里的能量。

我抚着母亲的骨灰，两眼忧伤地踏上了去南方的列车。

母亲，我的特立独行的母亲，最后留下遗言：新疆是我生活了四十多年的地方，是我的第二故乡，也是我的儿女们生活的地方，南方红土地是我的出生地，我的故乡，我的骨灰一部分撒在天山脚下，一部分送回老家撒在家乡的小河里……

在晃荡的车厢内，我的脑海里不断闪回母亲的生活影像。

母亲在父亲的生活里，是盏灯。

在母亲没有从千里之外的南方来到天山脚下之前，父亲如同浮萍随风四处飘摇。

他三岁之前，失去父亲，十岁时，又失去母亲。从此跟着舅舅生活学木工手艺。凭借木工手艺，走南闯北，受苦谋生。无人张罗和关心，解放好些年了，已经三十好几了，还没有一个家。

百年修得共枕眠，千里姻缘一线牵。母亲嫁给了比她大十一岁的父亲。年龄的差距和来自家庭的不同教养，母亲的婚姻生活不怎么愉快。随着我们姊妹四个相继出生，处于动荡、物资匮乏的年代，饱受经济困窘之苦的母亲父亲都没有好脾气，家庭战争是他们的家常便饭。

母亲受了伤，抹了泪，依然如常操持家务，父亲生病，依然端水端药；工作加班，依然惦记着把下面藏着两个鸡蛋上面铺着肉菜的热饭送上。

一日，已是满头华发的父母又为鸡毛蒜皮的事情叮叮当当，甚至父亲还有要大打出手的架势，我问流泪的母亲：和这样的人过日子，咋不早点离婚？！不料母亲的回答让我哑然：我要是为了我，我早离开了。我是为了你们几个有个完整的家呀！

母亲的存在，让家始终散发着温暖和光亮。

勤勉的母亲，亲手缝制我们姊妹四个的穿戴。学会使用缝纫机，学会看着裁剪书为我们裁剪式样好看的衣裤。没有老人的帮扶，她的孩子，也个个收拾装扮得干净清爽。

只有百分之二十细粮供应的年代，母亲可以把粗粗拉拉的玉米面，做成暄腾可口的烙饼，熬制成糯糯的粥。我们就着腌制的小菜，吃得饱饱的，背着书包走进冬日凛凛无所畏惧。单靠父亲一个人的工资不能支撑全家人的生活费用时，没有工作的母亲，养猪、养兔，后来还做豆腐。单位上能够把孩子四个都供上高中，我家是屈指可数的一个。

母亲的人格魅力，感动四邻。

母亲很善良。她与人为善，任人唯亲。左邻右舍的孩子，小时候几乎都穿过母亲用绒线钩成的童鞋。年节里，别人家的母亲忙着除尘，置办年货，做过年吃的食品，母亲却忙着给邻居的孩子赶做过年穿的新衣。一次，到了年三十，母亲还忙着踩缝纫机做衣服，而我的新棉鞋却还没有做好，我遗憾地去睡觉了。没有想到，第二天早上一睁眼，就惊喜地发现枕头边摆着一双簇新的棉鞋。

无论钩毛线鞋子，还是做过年新衣，母亲没有收过一分钱。

母亲和别人交往不懂得设防。

曾处过一个养猪的邻居。他见母亲养的猪长得快又很少生病，便天天上门来和母亲唠家常，母亲便把自己从书上学到的和自己实践中悟到的养猪经验，统统倒给了邻居。然而，别有用心的邻居，得到了好处，非但不感恩，还在背后四处散播谣言，鼓捣着单位上的人，不敢买母亲宰的猪肉。我知道事情的原委后，曾想去找邻居理论，但母亲劝阻了我……

往事一别经年。我懂得了母亲就是那种身在底层，精神却在高处飞翔的人，她往往在现实的庸俗中显得异常笨拙和显现一种近乎孩童般的纯真。也正因为如此，母亲在生活中往往是一边破碎，一边疗伤，并且在这样一个过程，依然故我。母亲知道自己受伤倒下，或者疗伤后站起，世界不会有什么变化。生活还要继续。

母亲在我的生活里，是盏灯。

三十年前，我高考落榜。焦灼、彷徨折磨得我寝食难安。母亲宽慰我的同时，要求我不要丢掉书本，不要丢掉自己喜欢的文字。当她读了我的诗歌习作《露珠之歌》、《我是白杨》，鼓励我投稿，她称我是她的诗人。不久，我的这两首诗歌就在当时的《新疆青年》刊登了。从此，我和文字结缘。后来，因为文字，因为不辍学习，我受到幸运女神的垂青，成为一名教师。

母亲说过，她希望她的女儿能写出一本属于自己的书。我用了二十年的努力做到了。

母亲说过，她希望她的女儿成为一个孩子们喜欢的老师，当我告诉她说，我打算用一辈子的时间去做。她微微颔首，脸上浮现出欣慰的笑容。

想起小时候常玩的捉迷藏的游戏。我总是喜欢做那个躲藏者。我会想方设法藏在一个不易被人找到的地方。人生历尽千帆，才知道，这个游戏多像人生的谶语。我们每个人都是寻找者和被寻找者，每个人都会藏起来，不再被自己的亲人找到。

眼下，我的目光也只有一遍遍抚摸母亲那张将所有丰腴日子风干的黑白照片，失声痛哭，泪流满面。

当我走下母亲家乡那座大桥，轻轻地，一把把地将母亲的骨灰撒进她日思夜想的河水中时，我的思绪停顿，大脑一片空白。

母亲，我再也找不到您了啊！

寸土之上

一

当这样的一个不算新颖的概念一遍遍在我的大脑中演示的时候，我竟然为此失眠了。

我的思绪，如空气充盈在墙角里一只瘪了许久的气球里，在无限地膨胀。

久病的母亲白天所说的话，一直萦绕在耳畔。

母亲很后悔，后悔她当年想出去或者逃避的野心太大了。她以自己痛彻心扉的经历教训着自己，不该离开故乡。来生即便是一棵小草，也要长在故乡的寸土之上。

望着母亲闪着泪光的眼睛，我无语。我不知道用什么方法能驱散和减轻她的痛楚。所以我只有倾听。

当年，母亲从山青水绿的南方来到这天山脚下，是随了浩浩荡荡的支边大军来的，那关于新疆的电影，给了她美好的憧憬。她便奔了一个先到新疆安营扎寨的同学来了。于是，她便遇见了我的父亲。

诗人艾青的一首诗里写道："灶王爷贴在腿肚子上，走到哪里，哪里就是故乡。"多豪迈啊！

我曾拿这个诗句去劝解母亲，母亲不领情，她反问我：当初想让你找个内地婆家，趁机离开新疆，你怎么说，新疆是你的故乡，你才不愿离开呢？！

母亲的诘问，让我的脊背悄悄冒出汗来，我无言以对。

二

夜幕里，我的身体躺在床上一动不动，但那思维的寸土之上，一粒粒种子在疯狂地萌出。

日里上网浏览。在友人的博客上看见一幅图片。

图片满目山石，让人惊叹的是：山石上长有一些树和一些小草。

这些树和草，生长在这挨挨挤挤的山石上，仅靠方寸之土，维系着生存。

树，盘曲的树根裸露在山石之间，或者扎在山石缝隙之中。

我不知道别人看到这幅图会有怎样的感受，但我知道，这幅图丰厚了我单薄的想象。

对于一只把家安在巨石的缝隙中的蚂蚁来说，寸土之上，可谓阔绰奢华的活动场所了。

蚂蚁发现这个场所之后，欢快地在上面跑来跑去。它可以趁着晴朗的天气，晒晒自己被阴冷潮湿浸透了的身体。充分舒活了自己僵硬的四肢之后，它也会去呼朋引伴，让它们也来这样一个美丽所在，享受暖阳的呵护。

对于一粒在风中漂泊多日找寻归宿的蒲公英种子来说，这寸土之上，正好可以交付自己的一生。它安歇下来，充满欣喜。它只需等待一滴清露，一缕阳光，一丝微风。

那么，对于一个纠结在自己内心的情感中的女子来说，会是什么呢？

三

曾经的春夜，捧读《诗经》温习那首《桃之夭夭》，为将要去游逛桃园，做足功课。读着，读着，不禁佩服起悠远又悠远的古代，那位浑身散发着素色光芒的女子了。

"桃之夭夭，灼灼其华。之子于归，宜其室家。"女子把所有的心事和梦想收敛起来，化作一株桃树，栽植在属于自己婚姻的寸土之上，从此她的浪漫只属于和她相守的那个人，直到，有那么一天，风轻轻吹落桃树上最后一片叶子。

也记起，曾读过的席慕蓉的那首《开花的树》。那个等待爱情降临的女子，在寸土之上，长成一株开满花朵的树。希望在自己最美丽的时刻，遇见那个懂得用炽热目光爱抚她的人。

多么浪漫啊！

而在那个粮票、布票非常重要的年代，母亲不能长久地待在同学家，她必须尽快做出选择。因此，她选择了能够给她一个家的男人。至于能否合得来，有没有感情，完全放置在一边。

母亲从此便在自己选择的寸土之上，建起了家。

浪漫和母亲无关。

问过朋友。如果只拥有寸土，都想干些什么？

几乎所有的朋友都说，种上粮食。理由非常充分：粮食是撑起我们生命大厦的支柱。

只有一个朋友同时写下：麦子，玫瑰。

我问朋友，这两个词语，顺序能否颠倒？朋友说，不能。

朋友的意思，我懂。

我知道，若是我拿这个问题来问母亲，我的母亲肯定也会给我这样一个答案，尽管她是一个七十岁的老人。

四

提起母亲和父亲建起的这个家，作为他们的女儿，我一直觉得自己有一个难以愈合的伤口，这个伤口，是被那把叫作家的刀切开的。

小时候，父亲母亲燃起家庭战火，我只能站在一旁无助地哭泣。稍稍大些时，我学会默默地拿毛巾帮母亲擦去泪水，然后，默默地承担力所能及的家务。我常常一个人站在黄昏的山岗上，望着西天燃烧的晚霞默默祈祷，希望父母能够不再吵架，能够像好朋友茗的父母那样，相亲相爱，给孩子一个温馨祥和的家。

然而，这仅仅是个奢望。家庭战争逐渐升级，从动嘴终于上升到动手。当盛怒的父亲手里的一把菜刀画着弧线飞起，砍在我正坐的椅子的靠背上时，我彻底绝望了，我冲着争吵不休的父母发出尖厉的叫声：你们别吵了！过不下去赶快离婚！离婚！

父母没有离婚。尽管仍然不时有战争爆发，尽管母亲委屈得掉眼泪，两天吃不下饭，尽管父亲连袜子破了也得自己笨拙地拿起针线缝补，我从来就没有听到他们当中的任何一个说出"离婚"二字。这一点，我至今都很诧异。

母亲老了。父亲也老了。两人无话。一个躺在床上，翻看一本已经翻了N遍的《战斗在大西北》，另一个百无聊赖地坐在客厅的沙发上，电视里正播放着精彩的节目却不影响打瞌睡。

如何才能使母亲开心些呢？我还特意问过母亲。

母亲说，一辈子最不开心的事情就是和一个不懂自己的人结为夫妻，而最开心的事情就是能够坚持到白头，给了孩子一个完整的家。母亲的回答让我先是感到吃惊，然后是心痛。

五

我这一辈子注定漂泊。我的名字里有个"萍"字。这是命！

我到哪里，哪里都没有属于我的一寸土。母亲说这话的时候，面孔因激动有些泛红。

想想也是。

对于一个一心想去闯世界的人来说，自己所在故乡实在是太小了。故乡和世界相比，不就是寸土么？在故乡之外的世界里，慢慢把所有膨胀的热情消磨萎缩之后，回首望故乡，故乡的寸土之上的一草一木，早已和自己疏离。所谓儿童相见不相识，只把你这归乡的游子当成了客。且把他乡做故乡，可是行走在他乡的寸土之上，你只要张口说话，便泄露了秘密。人们还是把你当成客。

母亲的确就处于这样一种尴尬之中。

前年陪母亲回故乡，除了老舅几个老人外，没有几个能够认识母亲了。而母亲，也不认得变化很大的故乡了。在新疆，她那南方口音，却又是异乡人的标签。

六

夜晚的风吹开了虚掩的窗，吹到那串挂在书架上的风铃。风铃叮叮兀自响起，更是勾起我莫名的伤感。

伤感中，一个意识跳出来。

其实，我们每个人，都有属于自己的寸土。无论是否从故乡走失。

活着的时候，脚下站立的方寸之地属于你，死了，埋葬你一抔骨灰的方寸之地属于你。

我们行走在寸土之上，度过漫长却短暂的一生。

这之间所发生的一切，所拥有的一切都是风偶尔吹落的一粒种子。

碎

一

2012年的正月过完之后，经过自己和家人手里的那些易碎的器皿一律完好无损。我似乎长吁了一口气。忐忑的心也稍稍平静了些。

过年之前，我精心擦拭过一件心爱的器皿。是学生在元旦节送给我的。

这是一件玻璃质地的香薰炉，是一朵盛开的玉兰花造型。花托正好作为炉的底座，稳稳当当地放在桌上。

要过年了，按照民俗，年前是要除尘的。

我也依然不能免俗地在属于自己的房间里，细心地打扫着各个角落。

打扫的过程中，心中默默地任一个奇怪的祈愿似春草般萌发，生长，蔓延。除掉陈年老垢，除掉一年来的不快和不顺，让它们统统在我的擦洗中消失。

这么想着，这么擦洗着，心里渐渐轻快起来。翻过年来，本命年就结束了。看着手腕上那根穿着转运珠的红绳，心中感慨良多。

空气中的微尘，实在是太活跃了。在你毫无觉察的时候，悄悄占据了所有能够占据的地方。我眼前这件香薰炉也没有能幸免。

捧着香薰炉擦拭的时候，不断地提醒自己：千万别弄碎了啊。

二

正月里，千万别弄碎了器皿啊。

这是若干年前，我还是一个花季少女时母亲嘱咐我的话。

那个时候，我帮助母亲做家务。洗碗，洗沾了茶渍的杯子，擦窗户上的玻璃。

母亲特别嘱咐小心点儿，别打碎了。

我当然是理解的，碗、杯子，是用来吃饭、喝水的，更重要的是，碎了，还要从父亲那份不多的工资里拿出一份去重新买，这是万万不能够的。而窗户上玻璃，也是不能弄碎了，因为，整个黯淡的屋子，就全靠这窗户射进来的阳光映衬了。窗前那方小桌，也是我读书写字的地方啊。

这些都是不能打碎的理由。更重要的是，母亲提醒说正月里是绝对不能够打碎的。正月里打碎了，这一年里是要走霉运的。

对于母亲的这个说法，我怀疑过。年少的我，怎么也想不出，正月里打碎了东西，和一年来生活是否过得顺畅有关系。

那些曾经的年月里，整个正月我们都小心翼翼地捧着那些易碎的物品，绝不让它们受到一丝的损伤，可是，父母亲依然因为生活的不顺畅而焦虑。焦虑中，他们的脾气变得很坏，有时候会失去理智，一点点微不足道的小事情，就是引发爆炸的导火索，就是点燃烈火的火柴头。

仍然记得那一场暴烈争吵。父亲飞起的菜刀，碰撞在我的椅子靠背落下。那个时候，我正坐在床边写语文作业。由于毫无戒备和毫无准备，我居然没有丝毫恐惧。而父母的剧烈争吵和燃起的家庭两人武斗则在菜刀落地的一瞬，戛然而止。

母亲惊恐地跑过来，不住地摩挲着我的后背，连声说：幸好有椅子背啊，否则，要出大事情了！

事情过后，母亲还心有余悸地说，若是正月里打碎了物件，那就不是这样的了。

我不置可否。但心里早已把头摇得如同货郎手里拿的拨浪鼓。

三

岁月就在这种母亲给我灌输的概念里渐行渐远。

不知不觉中，我对这个碎字有了新的认识。

在所有亮着灯火的屋子里，我们所有的人手里都捧着属于自己的一件名叫生活的精美瓷器。

风吹来的尘埃落在上面，我们会不遗余力地擦拭。雨中如果夹带了冰雹，我们会撑起一把伞遮挡，没有伞的时候，就用身体覆盖抵御从天而降的击打。

人在，瓷器在。我一向这么固执地认为。

在这样的固执中，我努力地往属于我的瓷器里灌注水和养分，然后在里边养花。

我知道，灯火阑珊处，只有朋友和亲人用怜惜的目光望着我，我悲伤的时候，他们会流眼泪；我快乐的时候，他们会为我举杯。

我的花就是为他们而开。

依然记得父母的教诲：花未开，你得先学着赞美阳光。赞美消融在土壤里的残雪，还有空中掉落的那些晶亮的雨滴，还有吹散雾和冰封的风。

我知道,这叫感恩。感恩,在时下是个很流行很张扬的命题。也知道,这物质的尘世,张扬或者流行的,就是最稀缺的。

我们曾经历经过的,被时光这把锋利的刀,切割成碎片,你将会发现能握在手中的寥寥无几。

所以,我们要呵护好手中的这件叫生活的瓷器,别让它被来自四面八方的石子击中,消亡。

上苍总是宠爱着骨骼坚硬,血管里鼓荡喧响着热情的孩子。

我希望自己能修炼成这样的一个。

四

夜晚。上网读到著名诗人郁笛这个新春刚刚写下的诗篇《雅玛里克诗稿》。我在后边留言:

你透明的忧伤,覆盖这个春天。让绝望如雪,消融在渐暖的阳光下。顺着绿手指的方向,有似星星般灿烂的迎春随风摇曳。

其实,我知道这个留言是写给我自己的。

浪　漫

　　看到我写下的这两个字，你也许会下意识地撇撇嘴：浪漫什么啊？房子不够大，存款不够多，工作压力大……日子过得一地鸡毛，断垣残壁，早已和浪漫绝缘。

　　其实，浪漫和钱的多少没有多大的关系。

　　假日偕同朋友徒步出游，天蓝蓝，山青青。走在蜿蜒崎岖的山间小道，边走边聊。即使是聊累了，都不作声了，盘腿端坐在青草坡小憩，一边用矿泉水就着喷香酥软的馕饼，一边打量着山梁上一群群牛羊，慵懒闲散地啃吃着青草，也还有随身带着的低音炮响着温情的歌声做背景音乐，瞧吧，连这网购来的低音炮都有一个浪漫无比让人浮想联翩的名字：不见不散。没有私家车可驾，不也照样可以享受这风吹鸟啼的自然生活么？

　　瘦削的日子，精神却是无限的丰厚，因为满足且有爱的心里总是会装着浪漫。

　　我和老公是凡俗人间最普通的人儿，住着简朴的房子，吃着粗茶淡饭，没有锦衣华服，但一朝一晚同出同归。早晨上班，每每看着老公把家里那辆半旧自行车搬出楼道，然后细细把后座擦拭干净，静静等我入座的时候，我都会对他说：这是我的宝马车，你是我最优秀最贴心的司机啊。我俩就这样一路飞奔一路戏谑驰进一大早就开始喧闹的校园……

　　朋友梅结婚即成了房奴，除了日常生活的开销外，每月要和老公还一笔不菲的房贷，可是生性开朗的她，并没有因此失去生活的品位。电视柜上摆着瓷盘，瓷盘里种着葱绿的蒜苗，鲜绿氤氲，和窗外的白雪残枝抗衡。客厅电视背景墙是自己用碎布头制作的工艺画。秋天到了，她会从集市上买回物美价廉的葡萄，自酿数罐清甜甘洌的美酒。有朋上门，亲自挥铲入厨烧几个拿手小菜，倾情招待，葡萄美酒夜光杯，引得朋友带着小酌之后的微醺直呼：谁说成"奴"之后，浪漫溜走？你这房奴也浪漫啊！

　　那是一个雨夜，我守候在电脑旁，一边等着在远方的儿子QQ头像亮起，一边听着齐豫的《莲花处处开》，浏览文友的博客，目光被一FLASH动画所吸引。一朵飘逸的白莲被放置在一个青色温润的瓷碗里，碗里一泓清水被几条红色金鱼拨弄得涟漪阵阵。白莲随波荡，鱼戏莲叶间，就这么着，音画契合，让我在这样一个瞬间体悟到浪漫的美妙，这浪漫只有在喧闹的尘世辟出的一方清净中才有的啊！

　　感谢造字的先知，浪漫二字，这带着水的两个字儿，莫不是向我们昭示：把心儿放进清纯的水里浴洗去膨胀物欲的躁气，多一些满足安稳的静气，将自己那些如星星般散落在各个角落的热情，收聚内敛为一枚小太阳，慢慢向自己平淡但有趣的生活散发微茫。

深秋，你奔向草原

一

母亲，这个夜晚，注定是你我一生最不寻常的夜晚。

艰难的喘息里，你已经说不出一个字。你只用眼神告诉我，你的不舍和决绝。

病床上的你，身上连接着各种管子的你，单薄如一捧残雪，在融化，在蒸发。

心痛得无法呼吸。我只能用绵延不断的泪水表达我对你的敬爱和痛惜。

母亲，你从那些艰苦的日子走来，是怎样无可奈何的忍耐。曾经年少的你，把飞翔的翅膀默默折合起来埋在心的最深处，从此尘封。

二

你的绝望来自你的至亲无可挽回的错误。

你的希望又源于围绕膝头喳喳嬉戏的四个儿女。

忘不了你因家事激烈争吵后,脸上挂着泪痕却转身去厨房又把一碗藏有鸡蛋的面条,放在我那余怒未消的老爸面前。

忘不了你蹲在鸡舍里看小鸡抢食喝水的专注神情,我知道你在憧憬着通过你的勤劳,可以让孩子们生活得惬意快乐。

忘不了你踩踏过无数遍崎岖山路,只为让刚刚背着书包走出教室的我,吃上香味逸出还氤氲热气的包子。

忘不了你抚着我委屈的肩膀,语重心长地说:吃亏人常在。

忘不了你手捧散发油墨气息的新杂志,骄傲地称我为"诗人"时,脸上洋溢的喜悦。

三

无非是想要平静愉快的生活。哪怕贫困的餐桌上只有一碟咸菜,一碗清粥。

可是,多舛的命运,实在是太吝啬。早早地把你囚禁在白色的房间,囚禁在病榻上。

你扶在洒满阳光的阳台边,向外张望楼前随风自由摆动的柳枝,我从你瘦弱的背影读着你的落寞和凄凉,心儿,仿佛掉进一口深不见底的枯井,下坠,下坠,只有下坠。

四

你拒绝吃药,后来又拒绝吃饭。

你说,天下没有不散的筵席。你要你的儿女放开拽着你的双手。

母亲,我苍颜白发的母亲,听着你沉重的喘息声,这个不同寻常的无眠之夜里,"灼"这个汉字,流窜到我所有意识和感觉的角角落落。

守在你的身边,摸着你枯瘦冰凉的手,我只是稍稍转移了一下视线,可恶的死神就趁机将直了生命监护仪上几条弯曲跳动的线。

母亲,你的灵魂挣脱我的手,悄悄飘走了。

你走进一个永远的深深梦境。哪怕我穷尽一生的哭喊,你,也不再醒来。

五

深秋了,道旁的树们,已开始脱掉雍容的绿衣,准备去披一身洁白的冬装。

母亲,你走后的几天里,天空湛蓝,艳阳高照。而我眯着泪眼找寻,找寻天边是否有一朵形同奔马的云彩。

母亲,属相是马的母亲啊!现在你该把你那一对折合的翅膀插上了吧?

是夜,你穿梦而来。

你轻松地告诉我:你离开烟火的尘世,如今自由驰骋在宽广的草原。

母亲,祝福你,就让草原上清凉的空气,灌注在你健康的肺叶,从此和咳嗽、喘息、疼痛绝缘。

这个深秋,你奔向草原。

这个深秋,我和我的弟妹们从此成了没有妈的孩子。

风烟俱净　岁月安好

难得再回南山踏雪。疏朗的天空，映衬着披着白雪的山野，蓝汪汪的。没有带照相机，但也无妨我拍照的兴趣。拿出手机，对着沐浴夕阳的山峦，按下那个表示拍摄的图标。

风簇拥着雪的清凉，再次潜入我平凡而迟钝的日子。季节操刀把所有的红粉、蓝颜统统剔除，只在大地铺排苍白的底色。

脚踏积雪，曾经熟悉的原野，看上去依然是那么亲切。只是安静了，没有了往日的那份喧闹。

十三年了。十三年前呛了几口生活的浑水之后，我选择了逃离。

十三年，人生有多少个十三年？

踏雪归来，拥挤的思绪，把我拽进这十三年的岁月。

回眸岁月里的琐屑，不禁慨然：曾经的曾经，躺在病床上黯然神伤，怕自己撑不起滴落的雨雪，抵不过突如其来的风。而现在，猛然发现，一年又一年里，我穿越风尘，把自己真的修成在一月清寒的雪中落笔，疏影横斜，暗香浮动的梅。

那天，宽慰生病的孩子：别郁闷，人最怕的是灵魂倒下，灵魂倒下了，生命的大堤就决口了，将会垮塌腐溃。人一辈子不可能都天天风和日丽，学着调试自己，学着顺应眼前生活的变化。我知道，这样说其实也在宽慰自己这颗做母亲的心。

十三年来，风也过，雨也过，悲也过，喜也过，痛也咬牙坚持过，我的内心已然温柔且强大。心静如这沉寂的雪原。因为，早已懂得拥挤之后需要空旷，喧闹之后需要静寂。

面对办公室那位小友关切的询问，我告诉她：不就是和评优擦肩而过么？我已经浴火重生。

那盆被我常常忽略的茉莉，安静地在窗台的一角。素雅的花朵，又绽放在枝头了。浓香的白色花朵向我提醒她的存在。午后阳光透过玻璃窗照在房间里，照在我的身上。能够这么闲适地半卧在绵软的床头，读一本喜爱的书，花香里边濡染书香，是一件多么幸福的事情。

随手又翻到《与朱元思书》，几年前参加中青年教学能手评选，公开课上讲的就是这篇课文。

风烟俱净，天山共色，从流飘荡，任意东西。

此刻，忽得其中况味：生活里放不下的，会化为雾霾遮蔽心空，放下后，风烟俱净，岁月安好。

春光笺

一

晨。窗外还漆黑着,但清脆的鸟鸣穿越而来,敲击着刚刚醒来的耳朵。久违了很长时间的鸟鸣,让我恍然意识到:春天的到来。这愉快悦耳的鸟鸣,大约是我所在的小镇春季首场秀吧。

阳光透过客厅的窗,照在打着花骨朵的大叶海棠上,照在我正翻阅的画册上。看到吴冠中的《春如线》,禁不住停下来,玩味良久。千万条柳丝在风中轻抚飞舞交织,如此体现春意,虚虚实实,飘逸,虚幻,却又那么实在,现在我算是懂了许多。因为窗外的柳丝正演绎着画家笔下描绘的春之神韵。

窗外,对面的居民楼挡住了视线,却挡不住因春光流泻而泛起的暖意和诗意。

桃农们该忙碌了吧?他们的宝贝们,躲在防寒被里睡了一冬了,眼下，沐浴春风，舒枝，开花，展叶。

二

春风吹起，蛰伏的心儿，一下子舒展开来。

大娘、大妈们，又将健身舞搬到敞亮的广场上，环形路上，满是锻炼疾走的人儿，有夫妻，有祖孙，有恋人，每个人的脸上，眼里无不闪着喜悦的光泽。

草坪上，有孩子专注地仰头望着天空，灵巧地转动着手里的线圈，空中一只鹰形的风筝，飘摇上升。廊檐飞翘的亭子下，满头银丝的老者，在唱着家乡戏《朝阳沟》。

春天里，一切漾在阳光下，安详，静好。

三

特意在微信里晒了几张在外行走的照片，告诉内地的朋友，新疆春天的天空有多么的明亮多么的蓝。

朋友说：不是都说"吹面不寒杨柳风"吗？看你额头散乱的头发，就知道风儿有多大！

的确，西北的春风，不似江南的春风柔软如杨柳的腰肢，西北的春风，是带着骨头的，挟裹些许如同西北汉子英武的刚气。

柔软的风儿，哪里能吹得动那些硬邦邦的雪呢？哪里能吹得开封冻的冰湖呢？哪里能剥掉群山冰的厚重铠甲呢？

四

春风吹过山野。

耐寒的蒲公英扬起艳黄的花朵,荠菜锯齿样的叶片,绿得养眼。

想起几天前,和一位同事聊天,她说热爱生活的女子,要像花儿一样活着,我说,我要像草儿一样活着,不,草儿前面要加个"野",我像野草儿一样活着就好。所有听到我俩聊天的同事都笑了。

同事的笑,我却不觉得羞赧。

其实,我们都应该以植物们为师。

春夏秋冬,四季炎凉,顺其自然,随遇而安。无论阴晴,该绿则绿,该花则花。荣,枯,即是生活的常态,只消不惧风雨,只消不负光阴。

五

应邀到友人的庄稼院春游。

说到吃饭,我执意要吃饺子。朋友有些过意不去:这也太简单了点?至少弄几样可口的小菜?

我则笑说:饺子,饺子,交子之心,馨香无比呀。

几个心意相投的人,一起择菜,一起和面,一起剁馅,然后,擀皮的擀皮,包的包,一边瞄着电视上某个吸引人的画面,谈论着感兴趣的话题,时间,柔软轻盈,但绝对舒缓。

包好的饺子,下到锅里,汤勺一搅,饺子仿佛一群小小的白鹅,在水中嬉戏,煮熟的饺子,装进白色的大瓷盘子,围坐桌旁,白色瓷碗里调上醋和蒜汁,所有人都醉在蒸腾的白气和香味里了。

当友情发展到可以剔除好茶美酒,剔除七大碟八大碗的奢华宴席时,那一定如一颗熟透醇香的草莓,闪着鲜红艳丽的光泽,让你捻在指尖,欣赏，再欣赏，久久地，舍不得放进嘴里。

——醇厚熟香的魅力，让你难以释怀。

六

这个春天，对于我及其我所有的亲人们，似乎还有些不同寻常。

一纸病检报告，让小妹的心抽搐疼痛。她一起经风雨共寒凉的爱人，被查出患有胃癌。泪水之后，我们与小妹相约坚强面对，一起渡过这一难关。

夜晚，我呆坐在书桌旁，无意识地拨弄着侄女留下来的玩具——沙漏。

望着沙漏，忽然想起常常给学生布置的那个假设命题："生命的最后一天"。想起我的语文课代表在作文中对生命最后一天的表述：生命的最后一天，亲吻告别爸妈，朋友，然后在那家常去的凉皮店吃一碗凉皮。

现在想来，如此从容的表述，其实根源就在于那是一个假设的命题！

眼下，面对不再是假设的命题，我才觉得我们的人生，其实就是一捧沙，被时间这双手捧着，自己无法掌控，我们无法掌控沙从指缝间漏下时，是快还是慢，我们只能掌控自己此时的心境。

屏住呼吸，双手合起——真希望听到春天说：对不起，这只是我向你们开了一个玩笑。

在冬天的缝隙里

仍记得那个发生在冬天缝隙里的故事。

那日,密集的鹅毛雪花,漫天飞舞。上完教师培训课后,我去饭馆吃饭。站在饭馆门口,看到雪,我有些忧郁。尽管饭馆那好吃的汤饭,驱散了刚刚在街上行走熏染的寒气,可是心里还是有些忧郁。

还在惦记着乘坐公交车路过一个十字路口看到的那三个人。

那三个人,蓬头垢面,穿着已经看不出是什么颜色的衣服。他们坐在他们的"家"里。确切地说,他们的家是在粗大的供热管道下面的一个低洼处。三个人中,似乎有一个是女性,长长的头发遮挡着她的脸,她正吃着东西。两个男人,一个坐着,也在吃东西。另一个躺在铺着纸壳子的地上,脸上挡着一块纸壳子,身上盖着一件破大衣。

本来想看个究竟,无奈行进的公交车还是扯断了我的视线。不甘,于是问同路的朋友,看到刚才那三个人么?朋友答,看到了。怎么?朋友有些不解地看着我。

我说:没有什么。只是问问。我怕朋友再笑我太感性,故意淡淡地说。

回到大学教室里继续听课。老师绘声绘色地讲着现代文学，参加继续教育培训的中学教师们认真地记着笔记。窗外的雪仍然在下。

　　我的心莫名地烦乱着。终于索性扔下笔，伏在桌子上。我知道，我的心里还惦记着那三个人。

　　关于那三个人，我还不知道他们的底细。但莫名的直觉告诉我，他们的家里或者他们自身有了变故，要不，怎么好端端地不回家？疑惑家人怎么没有把他们寻回家去？

　　下课了，冬天的天短，天空已经暗黑一片。雪也停了。

　　我的担忧非但没有减轻，反而更加了几分。因为，下雪后的天气会更冷，那三个待在供热管道下面的人能扛得住近零下三十度的寒冷吗？

　　在大学的培训还没有结束，我照例要乘坐公交车经过那个路口。我把视线投向那里。还好，雪光映照下，三个人还在。正坐在一起吃东西。

　　我的心情一下子好起来。指着他们，向同路的朋友赞道：瞧，那三个人多能扛啊。不像我们里三层外三层，包裹得如同粽子一般。朋友也附和道：真的是啊，他们的体质超好啊！

　　在一种说不清道不明的感觉支配下，我趁听完课出去找饭馆吃饭的当儿，步行到那个路口探看那三个人的"家"。

　　时值中午，太阳晴好。三个人不在。低洼处散乱的雪中，摆着几个破纸箱，和两床露着棉絮的破被子。几叠旧报纸，有几张被风吹散，在风中瑟瑟作响。

　　两个小号的黄色搪瓷盆，一只大瓷碗，碗口上有几个豁口。还有两个罐头瓶子，其中一个里边还有些水，已经结了冰。

　　望着眼前的这一切，我有些仓皇地离开了。在后边几天里，我下意识地在行进的公交车上将自己的目光投向那三个人住的地方。疑惑的是，再没有看到他们的踪影。

　　跟朋友重提这个事情，朋友说，唉，真是这样又能怎么着？你能够救他们吗？送衣服？送点食物？能救他们一时，能管他们一世？我想反驳，但终究张了张嘴，什么也说不出来。

朋友的话，说服了我心中刚刚萌出的那点关注弱小的芽。

而如今，时序已经翻过了五个冬天了，可是这一页，不知道为什么在我的心里始终都沉重得翻不过去。

祭

一

萧瑟秋风剥光了树们那些曾经丰盈的叶子。毫不怜惜。

这样的日子里,我努力地想做一个梦,试图营造一个和母亲重逢的梦境。

母亲是在去年秋天的一个早晨,彻底走掉了。走得很远,很远,永远不再回来。

我至今都在想,那个瞬间,我和守候在母亲病床边的弟弟,为什么会陷入一阵难以抑制的睡意?母亲最后和我的交流,是无声的唇语。我知道,她是有话跟我说的。我也知道她在说什么。

可是,我的思绪被风劫掠。我想不出也说不出一句话一个字。我的弟弟也说不出一句话一个字。我俩只是默默坐在床边,轻轻抚着母亲渐渐冰凉的手,泪似乎也被风劫掠,双眼和心底全部如同枯井。

还是前来查看的值班医生提醒我,快点擦洗下身子穿上老衣吧,否则……我这才恍然大悟似的起身张罗。我的动作似乎很从容,我仔细地、轻轻地擦洗了母亲干枯的身体,为她穿上了那身绣花丝缎老衣,依照懂行人的指教,还在母亲的双手塞进几个银纸做的元宝。甚至,在给母亲穿戴完毕后,我还细细端详了一下母亲最后的姿态:脸色安然,平静。直到医院工作人员要将母亲的遗体从病床上抬走,我才猛然意识到自己和生命里最重要的人——母亲,从此阴阳两隔!我的泪奔出眼眶,喉咙里发出惨痛的悲声。

自从别过故乡的那座大桥,和那条被称作江的不大不小的河,来到千里之外的天山脚下,来到大漠戈壁,母亲就将火一样的东西,植入心灵的最深处。然后,守着这蓬火,开始在属于自己的命运之河里的浮沉和坚守。记忆里,母亲始终精神灼灼。

透过泪水,再次端详母亲的时候,我甚至幻想她能够突然坐起来,然后微笑着对我说:嗨,我太乏了,只是睡了一个长点的觉而已。

然而,这仅仅是我的一厢情愿。

二

其实,母亲早在几年前已经走了,仅仅是留下一个肉身,在我们的身边。在我细细思量之后,我得出这样一个答案。起初,我被这个答案吓住了,而后渐渐释然。

仍然记得那个梦魇般的开始:母亲无视我们的存在,只和那个不时在耳边打扰她的声音较劲。维系心智的那根弦,在伴随着母亲从未放纵过的哭诉声中,毫无征兆地断掉了。

母亲历经的失败或者失望太多太多,年老体衰之后,曾经多次在和我聊天之后感叹,自己作为母亲只能给予孩子生命,而无法给予孩子理想的未来。

那些迷茫懵懂的日子里，母亲最喜欢描述的一幕就是她初嫁为妻，初为人母自学缝制衣裤的时候。

母亲嫁给我的父亲时，刚刚二十出头，且很快有了我。邻居大妈看着脸上身上无一不散发着稚气的母亲日渐隆起的肚腹，窃窃私语：生了孩子她怎么办？什么都不会做！家里也没有个婆婆。

母亲羞赧，躲在家里偷偷抹了一阵子眼泪。抹完眼泪，母亲开始行动，拿出从小学会的毛线编钩的本领，为我准备了小毛衣、毛裤、毛鞋，甚至钩了一顶漂亮的小花帽子。拿了穿旧的秋衣，学着裁剪，用手针缝了贴身穿的小衣服，缝了小棉衣、棉裤。

随着孩子的相继出生，母亲的手工活已经很好了。我和弟弟妹妹脚上穿的鞋子，可以和当时商店里摆着卖的布鞋媲美。

冬天，我们穿了母亲做的那种连着帽子的棉大衣，出去上学或者玩雪滑冰。母亲捕捉到左邻右舍羡慕惊讶的眼神，总爱悄悄对着自家窗台上那方小镜子里的自己，微笑，再微笑。

我感觉，母亲只有在叙述这个往事的时候，还是我熟悉的那个真实的，自然的母亲，除此之外，全然是一个令我陌生、惊惧和心痛的人了。

三

近日读书，读到一篇题为《知母》的美文，读着，读着，禁不住流下泪来，泪光中又想起母亲了。

母亲走了，按照她的遗愿，将她的骨灰一半撒在她栖息生活了四十多年的小山沟那片能够晒着阳光的山坡上。还有一半带回老家，撒在那条萦绕村边的河里。

我把这个决定电话通知给了老家的舅舅。舅舅很不理解。他认为我们做得太过分了。认为我们应该为母亲买一块墓地，安葬骨灰，以供日后有个祭奠的地方，也好让后人有个念想。舅舅得知我的决定不可能改变时，告诉我：回到老家，他们不便接待，理由是刚刚建了新居。

我知道，母亲的老家，有很多令人匪夷所思的讲究和规矩。但没有料到，母亲的骨灰送回故里，她的亲人们不能（或许是生气，不愿意？这是我的猜测）迎接，不能送母亲最后一程，甚至也不能与我们见一面！

美文《知母》里说："在岁月的路上绕了一大圈之后，终于开始懂得母亲的心意。以一个年轻母亲的心抵达另一个母亲的心。"我想，我是懂得母亲的心意的。

母亲为着心里的一个梦，早早离开故乡，来到新疆这片土地。如同一枚风筝，线在故乡的手中攥着，身体在新疆这片湛蓝的天空飘摇着。母亲说过，她是有两个故乡的人，一个故乡是生她的地方，一个故乡是养她的地方。生她的地方有她的长辈和亲人，有她童年的足迹。养她的地方有她的丈夫和儿女，她的青春乃至大半辈子都撂在这里。母亲是两边都不舍啊。

挥手自兹去，徒留无言意。母亲，我和弟弟还有小妹，走到那座你平日里常说的大桥下，亲手将您的骨灰，轻轻撒进那条河，目送河水哗哗流向远方，然后，抬眼看看天空流荡的云彩，我的心里念着：知母，知母啊。

第五辑　那时的月光

外婆，我给您点一支烟

又是清明时。

我把我的怀念，遥寄给在六年前的春天离开我们的老外婆。我庆幸，我还能够在文字里安放我的这些思绪和情感。

我的母亲是南方人，离开故乡在西北扎寨，外婆则一直和我的老舅生活在一起。地理原因，外加其他种种因素，我终究没有亲见过外婆。我对外婆所有的认识仅仅来自母亲感伤的回忆，还有几张外婆坐在老舅新建的三层小楼晒台上照的相片。

外婆姓陈，嫁给李姓人家，生过五个孩子，但只养活了三个女儿。我的母亲是外婆生的第三个孩子，也是外婆活着的孩子中的老大。

外婆不识字，却嫁了一个识文断字的老公。我的外公，却恰恰因了这识文断字而不安分，站错队，走错路，最终撒手西去。那时，外婆还很年轻，本可以再嫁的，但不知为何，李氏家族给她过继了我母亲大伯家的男孩当儿子，她从此就守着三个女儿和这个过继的儿子过日子，直到终老。

我的拙笔，也只能笼统地记下外婆的人生过程。然而，在痛与怀念的意识里，外婆的影像，却异常清晰起来。

外婆一双超乎寻常的大脚踏着一双木屐，双手拢在宽大的袖筒里，立在屋子火笼旁，侧耳听着门外的动静，兴奋地呼唤着孙辈们的小名，然后目光追随跨进门槛的孙儿，呵呵地笑着；抑或坐在一把老旧的竹椅上，静静地抽着水烟。粗大的指关节，突兀在那杆光滑的水烟筒上，诉说着曾历经的艰辛。静寂中，只听得水烟筒咕噜噜地发出声音。

仍记得第一次听母亲说老外婆抽烟时的那种兴奋和惊奇：一个女人，一个整日里在稻田里忙活，还要忙着照料孩子的孤身女人，会抽烟？

发出这样感叹的时候，我十五岁。

而现在，当我为人妻，为人母，当人生不由分说地把沧桑悲喜都灌注到我生活的角角落落之后，我才读懂了外婆。

人生被罩入孤苦守寡的阴霾之后，外婆，竟然没有逃逸，没有让自己一生的时光沉溺在命苦的悲叹中。她没有时间，她得用女人柔弱的肩膀，撑起男人撒下的家，得用母爱呵护三个女儿幼小的心灵，得用勇气担当起延续李氏家族血脉、守住田产的重任。

寥落寒树伤心碧，伶仃木棉寂寞红。一个个孤独寂寞的夜晚，外婆在灯下或者翻拣稻种，或者在那张古老的织布机旁，把那一条条细麻线排列集结成一匹匹长长的粗布；抑或一个人坐在竹椅上，默默捧着水烟筒，咕噜噜地抽着。

外婆以抽烟的方式，排遣内心的苦楚和寂寞，也正是以抽烟的方式，为自己剪一枚太阳照亮人生无望的旅途。

苦难中，外婆历练得宽怀仁厚。安恬淡泊的品性，让我的老外婆活到了九十岁高龄。2006年的春天，我的外婆无疾而终。

天堂里有烟吗？

外婆，就让我给您点一支烟吧，在这春天，在这清明的雨夜里，寄给遥远又遥远的您，送上我，您的外孙女对您的怀念，对您作为一个女人面对生活的坚忍的敬佩和礼赞。

不想让您再变老

我不止一次看到您坐在路边台阶上，双手抱膝，扬着头百无聊赖地看着团部小区来来往往的人从面前走过。

每当看到这样的情景，我很难过。

您的耳朵很背，看电视需要开到最大的音量；您的牙齿脱落了，菜需要烧得很烂；您很少絮叨，大部分时间躺在自己的房间里翻看我们上学时读过的历史课本，困了就睡上一觉。您是从什么时候开始变成眼前的这副模样的呢？我不知道，真的不知道。

我知道您那双粗糙的大手，曾经是那样的刚劲有力。在飞转的电锯工作台上，您可以自如地抱起一根根圆木，把它们加工成需要的形状，令旁边的棒小伙咋舌羡慕。我还知道您就是用这双粗糙的大手，描绘出一张张颇有创意的机器模型图纸，让单位技术革新组组长大声叫好。夏天，您可以在闷热的木工房里一待就是一天，加工堆得跟小山似的木头；冬天，没有多少木料加工，您就暂时放下自己的本行，在黑黑的矿井下挥汗如雨。您在单位里就是最好调遣的工人。

在家的时候您的脾气很坏，一件芝麻粒点儿的小事，就可以让您眼睛喷火，脖子上的青筋暴起。

您不善料理家务，但您会干三件事情：第一件，下班时从外面挑一担柴火回来；第二件，一担担挑水，把家里那口存水的大缸灌得满满当当；第三件，把柴火劈好、把大块煤炭砸开，一筐筐从门外拎进家里堆在炉子旁边。

您也有充满情趣的时候。记得有一年的儿童节，您给了我们姊妹一个巨大的惊喜，那就是每人一把手枪。这是您用木工房的边角料做的，用砂纸细细地打磨后，又用墨汁染黑，枪把上还给缀上了鲜红的缨子。

五味陈杂的记忆，让我心情复杂地看着已生满华发的您。餐桌上，我把炖得很烂的猪肘肉推到您面前，这是您最爱吃的。不料想您轻轻推到我的面前说："老啰，牙齿不好，吃太多也不消化啊！你年轻牙齿好胃口好，你吃吧。"

您真的老了。意识到这一点，我的泪水突然涌了出来。

我们的好日子才刚刚开始啊！不用为缺几天供应粮着急上火了，粮店里大米白面随去随买；不用担煤劈柴了，楼房里暖气、煤气、自来水一应俱全；不用为那几个钱如何能支撑到下个发薪日而费心盘算愁眉紧锁了，儿女们都已经自立。可是，您却老去了。

父亲，弹指一挥的时光里，您怎么就老了呢？我们为人父为人母之后，才开始读懂生活，才知道我们从前其实根本不懂您。

我们总是忙，忙着工作，忙着读书，忙着恋爱，忙着去看远处的风景……可是，却忽略了您。时光慢些吧，我们不想让您再变老了！而今，就请给我们一个机会，让我们陪您说说往事，让我们再听听您用不那么洪亮的声音，唱几句故乡小调……

那时的月光

露从今夜白，月是故乡明。吟咏着杜甫的诗句，酌饮这相聚的酒，孩子，我又想提起那时的月光。

那时，你独在异乡为异客。

这是你生平一个人的中秋节。天公不作美，本该赏月的夜晚，却飘着冷雨。这让你更加地怀想新疆干爽的秋日以及那轮在不含一缕阴云的暗蓝天空飘移的月亮了。你一个人坐在有些许温暖的快餐店的一个角落里，啜饮着一杯杯啤酒，百无聊赖地看着过往客人。

当你在QQ上告诉我这一切时，你知道吗？当时我的心陡然疼痛了。可是我依然要伪装坚强，因为，此时脆弱的你，需要我的安慰和鼓励。

自从你开始行走在那个叫义乌的地方，沐浴阳光，穿越风雨之后，浙江义乌，从此在我心里不再陌生了。

央视每天进行天气预报时，我一定是守候在电视机旁，生怕错过有关浙江的天气情况。我不喜欢那里连着下雨，我怕一直习惯于新疆生活的你，承受不了那阴冷的潮湿。

在他乡，街道上跑着的各类名车，暗藏机遇和风险的商城，成为你眼中一道亮丽的风景。我知道，站在这样一个不大但是非常有名气的小城大街上，你的内心有物质的诱惑和苦涩的孤单在相互较劲。

还记得下第一场秋雨的情景。我站在窗前，望着窗外道旁那些淋在细雨中的树，看着绿中夹杂着明黄的秋叶，我开始牵挂远方的你。我翻箱倒柜把你的毛衣毛裤，一件件翻出来，摩挲着，仿佛摩挲着你的后背，我想把自己的体温存留在衣服上，然后再寄走。在邮局，把毛衣和棉被打成一个大大的包裹，用线缝着包裹的时候，我心里说，那每一处针脚，都暗藏着我的祈祷和祝福。

自分别后，夜晚时分，我喜欢守在电脑旁，登录QQ，看你那张很有个性的"尼古拉·凯奇"头像是否点亮，我喜欢去你的空间，细读你写下的一条条简短说说，去感觉你的生活、你的情感。

我喜欢你的"多努力一点 改变一点"、"做好手中事 珍惜眼前人"，这让我欣喜地看到了你对生活和工作的积极态度和你的成长足迹。

"你们为什么都不在线……我想你们……"看到这一条说说的时候，我知道，你的心里纠结着一团化不开的思乡情结，孤独让你怀念往昔和朋友、亲人相处的温馨。我给你留下这样的评说：被思念煎熬着，就把思念化作动力吧。男子汉的心是海，可以把脆弱的泪水淹没。我相信，你看到后，一定能懂。

"再次翻起九州细数青春里那些明媚的阳光"，"保持心里的火焰"，我知道你在用回忆取暖，用自己内心的坚持，抵御工作上烦冗事务、情感上无奈纠葛给你的倦怠和忧伤。

思乡的情绪，纠结于心。那时，你告诉我说，不能回家，但想寄份礼物表达你的心意，但收入微薄，囊中羞涩。孩子，其实，你不必自责，也不必愧疚，因为，你还在赶路，你的青春，你的人生，还无处安放。

"暮云收尽溢清寒，银汉无声转玉盘。此生此夜不长好，明月明年何处看？"这是苏轼《中秋月》里的句子。孩子，今天，在这样一个特别的日子，我把这诗句赠予你，愿你懂得我的心意。

父亲的红歌情结

为了迎接党的九十周年华诞，单位组织百人红歌大合唱，我也参加了。

业余时间，我打开电脑，搜寻了许多红歌，一遍遍地熟悉歌曲的旋律，一遍遍地听记歌词。

在一旁的父亲，也受了感染，跟着哼唱起来。当听到那首"太阳最红，毛主席最亲，你的光辉思想永远照我心"时，年近八旬的父亲，眼底竟然泛起泪花。望着情绪激动的父亲，我知道，红歌又触发了他潜藏在心底的无限感慨。

当了一辈子煤矿工人的父亲平日里少言寡语，唯一的情趣就是在心情好的时候唱歌。但他的那双非音乐的耳朵，听不惯小辈们情哥情妹的缠绵哀婉，更把那叮叮咚咚的摇滚拒以千里之外。父亲喜欢《南泥湾》《毛主席的战士最听党的话》，喜欢《解放区的天是明朗的天》……他说，他听着这些歌子，干啥都有劲了。

仍记得小时候一次偶尔停电的夜晚，我们一家人围坐在烛光下，我们姊妹四个跟父亲学唱《没有共产党就没有新中国》的情景。

父亲先是一句句教我们念歌词，鼓励我们把歌词背下来。然后，又一遍遍唱给我们听，让我们小声跟着唱，直到学会为止。

那个时候，我望着父亲开心歌唱的样子，心里既欢喜又诧异。欢喜的是，第二天可以在同学们面前显摆一下自己会唱的这首歌曲是父亲教的；诧异的是，为什么父亲在唱歌的时候，脾气竟然出奇地好？要知道，平日里在家他的脾气很坏。一件芝麻大点的小事，就可以让他眼睛喷着怒火，脖子上的青筋冒得老高。他不会听任何人的劝说，他会在连绵不绝的絮叨中耗尽嘴里的唾沫才肯罢休。

光阴荏苒，岁月流逝。父亲愈发地迷恋那些红歌，红歌滋养着他的精神世界，他拥有了一颗感恩的心。一次家庭聚餐，当我们表露强烈的物质欲望没有得到满足的挫败感时，而父亲却指着餐桌上摆着的碗碟感叹：细米白面，鱼肉蔬菜，想吃啥都有。你看，我都退休二十多年了，天天不上班，还每月给我发工资。共产党给我们老百姓的好日子啊！

眼下，听着一曲曲红歌，父亲的精神豁然开朗。他对全国各地为纪念党的九十岁生日举行唱红歌的活动很是赞赏。

他专注地听着，碰到会唱的，就跟着唱两句。

"我们迎着初升的太阳，走在崭新的道路上，我们是优秀的中华儿女，谱写时代的新篇章……"

当音箱里传出这雄壮豪迈的歌声时，父亲连声说好，还饶有兴趣地问我：这个歌叫什么名？我告诉他，这是中华人民共和国举行六十周年庆典上唱响的一首歌，歌名叫《走向复兴》。

父亲边听边叹道：唉，老了，发不出洪亮的声音了，你们年轻，你们可以唱好这个歌。

是的，父亲，如今我已经完全理解了你的红歌情结，你这是以自己的方式，来表达对党的热爱和感激之情啊！

潜藏在粥内的幸福

任凭我如何不舍，青春的尾巴，还是从我紧紧攥着的手心里挣脱，风一般消逝了。一时间，让我感念的东西忽然多了起来。比如，我面前的这碗清暑解热的苦瓜冰糖粥，它就像一束久久徘徊于窗外的阳光，寻找到了缝隙，哗地一下挤了进来，窗户訇然洞开，那些与粥有关的影像便堆叠在眼前了。

童年时，一日两餐都是要喝粥的。玉米面熬制而成的。需要说明的一点是，那时喝两餐玉米粥，倒不是粗细搭配的养生膳食理念所驱，实则是必须的选择，因为边疆垦荒创业年代除了这个选择，再没有别的选择。

早晨，从酣睡中被母亲唤醒，急急地穿衣，洗漱，待坐到饭桌前，母亲早已把玉米粥盛好在碗里了，凉得温度适宜，正好入口。于是，就着一碟咸萝卜干，吃一块软和暄腾的玉米发糕，和着黏稠的玉米粥下肚，这一系列动作，完成也不过七八分钟的样子。然后背上书包，系好头天夜里压在枕头下的红领巾，在母亲的声声嘱咐中拉上早已等候在一旁的伙伴，说笑着一路朝着学校走去了。

也许此生定要与粥有缘。结婚后身边这人常常喜欢给我熬粥喝。只是熬粥的材料精致了许多。有粳米、糯米、糖，还有晒干了的花朵。有菊花、玫瑰花、合欢花、扁豆花……这些晒干的花朵，是爱人特意从花店里买回来的。

我平日里喜好读书为文。夜深人静，捧读书写于灯下，爱人也常常未睡，在厨房里在煤气灶边守着熬一小锅花粥。待我从文字的世界里走出来，将淤积于胸中的思绪一吐为快，把玩自己用文字营造的情境时，一碗合欢花粥放在了案头，有时会换成扁豆花粥。喝完香甜糯软的花粥，解衣躺在床上，安然入睡。第二天依然可以精力充沛地工作。对此，我有些惊奇，但从来没有细想其中的由来。

家有小儿后，我这做了母亲的心思，细腻起来。据说吃些粗粮，对孩子的生长发育有利，我便买了玉米面给孩子做粥喝。不料孩子只喝了一口，就皱着眉头说：粗拉拉的，真难喝。从此任我如何解释喝粥的好处，他都毫不动心。无奈之中，想起母亲当年熬的玉米粥，便去向母亲取经。

母亲说，玉米面粗糙，先要泡发两个小时，然后用冷水煮，开锅后改用小火煮一个小时，这样煮出来的粥，才黏稠滑润。要不，你们怎么吃啊，我总得想法子让你们吃饱啊。

听了母亲的话，我惊住。那夜色还未褪尽，母亲劈柴生火，把晚上泡好的玉米面撒进锅中，在乳白色的水汽里一勺一勺轻轻搅和着玉米粥的画面便迎面扑来。

一年365天，春夏秋冬，我每天两餐喝到的玉米粥，需要耗去母亲多少时间？我已经无法算清。可是母亲变着法子让我们吃得有滋味的事情，我至今都不会忘记。

感念之中，我拥着母亲，抚着她那丝丝白发，贴近她的耳边轻轻说：妈妈，谢谢你。谢谢你用耐心和爱熬制的玉米粥，你的粗粮粗菜细作让我和弟妹们从来没有感觉到日子的窘迫和困苦，也让我们拥有了一个健康快乐的童年。

那日，随手翻开放在沙发上的一本杂志，中间彩色的插页上赫然印有花粥美容颜的字样。推荐的几款花粥里竟然就有合欢花粥和扁豆花粥。上书：合欢花，含有合欢甙，鞣质。睡前温服，起镇静、安神、美容的作用。扁豆花，含有蛋白质，维生素 C 及碳水化合物等。健胃开脾，美肌健身，艳容提神。

我拿着这本杂志，倚在厨房的门边，默默地看着仍旧在厨房忙碌还快乐哼着歌的爱人，内心如同电磁炉上正熬着的菊花粥，上下翻滚。围城多年，我们生活在彼此欣赏和鼓励的目光里，我在他那一帖帖笔走龙蛇的字迹里体味书法意趣，他在我的文字里找寻阅读的快乐。

心随风与轻云飞渡，流年碎影嵌入记忆深处。

而今细细品味这些生活里的过往，我恍然惊觉：这不是我天天期盼的幸福吗？

当年的玉米粥，不是普通的玉米粥，它掺和了母亲的温厚、耐心，掺和了母亲面对艰难生活时的淡定！而现在午夜里我喝下的花粥，是爱人给予我的无须言语的支持和爱啊！

亲人们素朴的心，让每一个日子都濡染幸福的光华。这一切，不容我轻易忽略掉。

那手书的春联啊

要过年了,集市上,最耀眼的当属那些悬挂起来的一幅幅红艳艳的春联了。

"爆竹声中一岁除,春风送暖入屠苏。千门万户曈曈日,总把新桃换旧符。"古人的这首新年诗,现在咀嚼起来,仍然是那么有味道。吟哦着诗句,欣赏着这些印制精美的春联,不免咂舌:瞧瞧吧,现代电子技术福泽人们生活的见证。

小时候过春节时,家里贴的春联,是请当老师的邻居写的。

母亲早早买好大红纸,按照事先计划好的数量,把红纸裁好。裁纸的事情,是我和弟弟合作完成的。我从做木匠的父亲那里学到了一种不用刀剪裁纸的方法,那就是用一根结实的细线,顺着折叠印,一人拉着一头,一人拉着另外一头,使线如同钟表的时针那样扫过红纸,紧绷绷的线便像一把锋利的刀齐齐把纸裁开来了。

笔墨是老师自己带来的,春联的内容,是老师根据母亲的心意拟写而成。其中有这么几幅印象深刻,如"有说有笑家家乐,添福添寿年年

137

欢";"夹岸晓烟杨柳绿，满院春色杏桃红"；还有"春到人间人增寿，喜临门第门生辉"，我想，这些春联，多少契合父母对于新的一年寄予的心愿吧。

老师挥笔写字的样子，在我看来，是那么潇洒。字是一气儿写就，行云流水般。写完后，老师耐心地回答我的提问，这幅是欧体，那幅是柳体，这个是瘦金体，那个是仿米芾的……就是从那时起，我便有了一个美好的想法，什么时候自己也能像老师那样提笔书写春联呢？

这个给我家手书春联的老师，是一个很有定力的人。他白天忙着教书育人，夜晚，别人相约牌桌、棋盘，或者走亲访友、联络感情，他却在自己的小小斗室里，品茗读书，泼墨临帖。他人很热心，年年春节，左邻右舍请他写春联，他有求必应，从来不摆架子。

岁月流逝，已然成人的我，至今没有亲手书写一副春联，因为总觉得自己的字是拿不出手的，当然这不是我的自信单薄，而是觉得洒脱地贴在门楣的手书春联，是多年修炼的功夫体现，是一个人定力的验证。和邻居老师相比，我实在是差之千里！

那天，和爱人一起回家给母亲送年货，顺便在集市上买了两副春联给家里。

母亲看着春联叹道：唉，这春联印制得越来越精美了，可我怎么觉着，这字冷冰冰的，缺点暖味儿呀！

我不想让母亲失望，便对平日里喜欢弄墨玩字的爱人玩笑似的说：英雄终于有用武之地了，那就请你献美吧。

在一旁的侄女戏谑道：春节咱们贴春联，贴春联就贴手书的春联。

看爱人提腕运笔，我心里默默祈望：春节到了，就是神秘的 2012 年来到了，把咱们的热情，咱们的期盼统统灌注到一字一画，一撇一捺中吧！无论风雨，无论丽日，我们都能扛住。

秋日画境

居民楼前那原本翠绿的柳树，仿佛一夜之间被凉凉的秋雨淋得患了感冒，没有了春夏间的神采奕奕，失水的叶子不再坚挺，不再闪动珠玉般的光泽。风过，有落叶的飒飒声，抬眼看去，那撑不住风寒，身子骨孱弱的叶片三三两两从枝叶间蝴蝶似的飘飞下来。

秋，就这样一脚踏进我的视野。

端坐在临窗的电脑前，泡一杯茉莉香茶，小口啜着，思忖将酝酿多日的文字收藏存入那个有着"2010年新作"标记的文档里。

"亲爱的姑娘，我爱你……"，一阵熟悉的歌声传到耳畔。这准是口袋里装着音乐手机或者MP4，耳朵塞着麦的小青年，从楼后边马路上闲荡过来了。这么想着，循声向窗外望去，惊讶地发现，自己的判断严重错误，那让人脸红耳热的歌声，竟然发源于一对老夫妻。妻子挽着丈夫的左胳膊，丈夫的右手握着一个MP4。他俩一边散步，一边听歌。

这MP4一定是他们的儿女买的吧？怎样使用MP4，也一定是他们的儿女一遍遍教，才学会的吧？他们年轻的时候，一定喜欢音乐吧？我忍不住猜度着。

透过马路旁茂密的树丛缝隙，那位也是满头银丝的老太太照例忙碌着，她在晒被褥。

其实我早已注意这位老太太了。从入秋开始，晴朗的天气里，她一直在她家楼后边晾晒东西。有红红的辣椒，金黄的玉米棒，还有油葵和花生。玉米棒和油葵晒干了，她用手或者棒子把籽粒剥（敲）下来，然后仔细地将残壳剩渣去除干净。

晾完被褥，老太太拿着一只簸箩，站在那架缀满紫花和豆荚的眉豆旁边，摘成熟了的豆荚。她的身旁站着一个抱着孩子的女子，指着紫花，嘴里不停地念叨着：这是眉豆，这是眉豆花，看奶奶摘豆豆给宝宝吃。

我不是画家。但是这些无意间窥视到的平凡真实的俗世生活，那氤氲着几分安详几分诗意的氛围，让我认定，它是这个秋天最美的画境。

忽然想起在这个时候，远在70公里以外的老巢（父母的家，我的出生地），不善言谈的老父，是否又坐在楼后边搭起的砖台上，百无聊赖地看着不多的行人走过？或者眯着眼睛打盹？想起总是在电话里打听她的女儿什么时候能够回来的母亲，是否记得在秋凉里多穿一件毛衣？

母亲常常打来电话，总是在唠叨回味我上次回家陪她聊天的情景。

那是一个满月的夜晚。月亮从东山后面露出了她那张素净的脸。和母亲坐在临窗的床边聊着天，赏着月。大约是很少见到我的缘故，平日里沉默居多（据弟弟说）的母亲，打开了话匣子。

母亲谈话的主题琐碎且不关联，可以是童年记忆里广西老家小河边那些绚丽的野花，也可以是我那有着一双大脚的老外婆，忽儿是自己年轻时的一段糗事，忽儿是埋藏了多年的一个隐痛。

望着时而泪水涟涟，时而又绽开笑颜的母亲，我除了不时点头应声表示在听之外，没有插话。人到中年，和母亲在这样月夜，挨坐在一起，安详地聊天，真是一件幸福的事儿。沐浴着月光，在母亲语言的瀑布里，我觉得自己的心情也似月光一样，通透，明亮，宁静。

然而眼下，我已经有很长一段时间没有回家了。本来是有时间回家去看望父母的，可是又找了些许诸如工作忙要赶稿的借口，让母亲失望。我的内心隐隐涌起莫名的不安。

我想，我该回家看看了。我想，那美丽的秋日画境里，也应该添加上属于我的那一抹吧。

那些岁月里的琐屑

2010年的春天里，我栽下了爱人送给我的一株花——君子兰，那天，是我和爱人拿结婚证的纪念日。我还回到一个叫三道沟的地方，站在山坡上，寻找曾经的家的痕迹。看着卧在青青草地上慵懒地嚼着草叶的牛，我想起了自己曾经放逐于山野的童年。春光烂漫的山野里，我和爱人，低头遍寻一种叫作荠菜的植物，并且回家用荠菜包了饺子。

七月暑假，我带着大学毕业的儿子，陪我的母亲回到她日思夜想的故乡——广西。我们一起游览了有"甲天下"之称的桂林山水，穿行于桂林景区有名的溶洞，观赏那千姿百态的钟乳石，母亲如同一个对未知世界充满好奇的孩子，忘记了旅途的劳顿。站立在漓江游艇的顶层，母亲兴奋地说，想看看漓江水已经有四五十年了，真的看到了，却觉得好似在梦中！

旅游回来，母亲不时让我调出在景区拍的短片和照片，欣赏，把玩。

望着母亲了却心愿的满足，我开心极了。在母亲的有生之年，陪母亲出去看看，也是尽了我做女儿的孝心。

这个暑假，我自己收获多多。我在老家见到了母亲经常念叨的七爷、老舅、舅母和二姨，见到了表弟的两个孩子。更重要的是，我和已经分别了十几年的两个妹妹相聚了近一个月的时间，我们同出同归，相守夏日时光。小妹的女儿才九个月，但活泼可爱，我手拿数码相机，随时抢拍她那顽皮模样。那一帧帧照片上，她或凝眸镜头做专注状，或手抚奶瓶旁若无人地吮吸猛喝，尤其那张她爬上沙发靠背，专注望着窗外绿叶葱茏的龙眼树和杧果树的那个小小背影，更是让人感觉，窗外那个世界对小小的她，有着多么大的诱惑力。我喜欢她，见面的第一时间里，听着我对她的呼唤，她便毫不犹豫地让我拥她入怀，不存一丝芥蒂和隔膜，要知道，她自出生以来，还是第一次和我相见呢。

　　在北海，我这个北方长大的"旱鸭子"生平第一次穿着游泳衣套着救生圈，战战兢兢下到海水里，去感受海浪对身体的冲刷。和海水相熟后，我竟然不想离开了。我觉得，泡在海水里，就如同待在妈妈的怀抱里，是那么温暖，那么柔软。

　　冒着零星的小雨，走在满眼青幽幽的原野，我看见了垂吊着一挂挂香蕉的香蕉树，还有早年读了席慕蓉的《外婆的木瓜树》一文后就非常向往的木瓜树。我还领略了江南烟雨荷塘的美丽。如伞的荷叶间有粉色的荷花亭亭玉立，还有已经结了籽实的褐色莲蓬突兀撞入我的视线。我和它们留影，我想在以后的日子里，它们会激荡起我美好的回忆。同时，我这个原来只愿意静静地在家里看书写字的人，萌发了要把今后的有生之年里的闲暇日子交给这样的行走的想法。

　　2010年，我和武汉的一本发行量五百万份以上的杂志编辑相遇，这是我爱上文字以来最美的相遇。她让我的文字以专栏形式呈现给读者，我的文字，通过这本杂志，抵达那些热爱文字、关注心灵的素不相识的人手中，走进他们的心里。一位正在服刑的读者，还给我写来了这年头很少见的手写信，他在信中表达了他读了我的文章的感受和思考。阅读来信的那一刻，我为自己的文字能打动一颗曾经迷失深谷的灵魂而自豪。

冬天里，我装有暖气的家温暖如春。阳台上，春天栽下的三角梅已经有了玫红色的花儿，朋友送我的那盆朱顶红，恣肆张着红色的喇叭状的花朵，透着喜庆。招呼爱人一起看花，一起看能照进客厅的阳光，不免感叹：花开花落，细数一年来的琐屑，岁月安好，这就是凡尘俗世里的幸福啊！

阳光醇

一

小时候,常常痴迷于傍晚从外边收回的晒了一天的被褥,因为它的蓬松,温暖,还散发着说不清道不明的但又让人感到亲切的味道。不知为什么,这个时候,我内心总觉得特别踏实。

读书期间,最喜欢暑假里响晴的天气。那样的日子里,我和母亲会把在开水锅里微微焯过的油白菜,一把把地晾在门前的铁丝上,把茄子、葫芦瓜切成薄片,摊晒在硬纸壳上。

傍晚,将这些晒干的菜收进干净的布袋时,总会听到母亲惬意地说:有了这些干菜,咱们就会长着精神,扛过只吃土豆、萝卜和白菜的冬天了。

可不是嘛,那个时候的冬天,我们的餐桌实在是太单调了。我家还时有断粮之虞,多多晒些干菜,配合着吃,也能顶上一阵子。现在想来都还感叹,那时,我们姊妹四个也真能吃啊,汤面条每人都可以吃三大碗!

二

当秋这个满口袋揣着富足的精灵，踏着飒飒落叶顶着蓝天艳阳，来到身边时，住宅楼灰白色洁净的空地上，便铺排起各种形状不一的色块，金黄，青绿，鲜红，黑褐，奶白，淡黄……

仿佛画家激动时不慎打翻了颜料桶，却于不经意间创作出的抽象派画作。

上下班每每经过它们时，我总会放缓脚步细细看：金黄的，是饱满的玉米粒，青绿的是苦瓜、豆角，鲜红的是辣味十足的线辣椒，黑褐色的是油葵，淡黄的是带壳花生……

太阳下，邻居大娘忙碌着。她用一根长棍，拨弄着晒在地上的"颜色"，就像画师在调色盘里的颜料。

日日走过，和大娘熟稔。攀谈后得知，大娘晒的每一样东西都是有归处的，苦瓜，降血脂，吃了保健。玉米，爆玉米花，沾了奶油的玉米花又脆又甜，小孙儿可喜欢吃了。媳妇儿也喜欢用玉米打成面做发糕尝个鲜换个口味。干豆角，和排骨或者肉放在一起，可以做一道别具风味的菜肴，家庭聚餐，这个菜最受欢迎。线辣椒，儿女们都想要点，因为做大盘鸡吃，是少不了它的。

大娘如数家珍，我听得心湖泛起微波。

三

白驹过隙。这个晒字的内涵和外延，让我这个钟爱文字的人都有些应接不暇了。

那日在QQ群里看到的一份幸福晒单：

身边好多朋友在为孩子上学的学位发愁，我们买的房子的学位很好，是别人挤破头想进来的，我不用为这个事情烦，真幸福。

虽然收入不高，但是不用为了孩子的学费发愁，不用为了想偷懒不煮饭出去改善生活而发愁，真幸福。

我有自己的生活圈子、自己的工作，不用依附于老公苟活着，真幸福。

我可以进修可以提升自己，真幸福。

老公虽然笨手拙脚、不善言谈，但是有责任感、疼爱我，真幸福。

儿子虽然还有些内向，但是经过我的不懈努力，终于逃开了自闭儿童这一称号并且逐渐开朗大胆起来，真幸福。

公婆与我虽然会有矛盾但是我们都会互相包容互相体谅互相照顾，真幸福。

读着这份晾晒小幸福的文字，我也忍不住凑了一句：

周日。静静侧卧在客厅的沙发上，读一本刚刚网购的书，阳光透过窗子，洒在身上，暖暖的。整个身心松下来，幸福指数立即升高了几个点。我真幸福。

四

近日备课重读老舍先生的《济南的冬天》，看到那句"一个老城，有山有水，全在天底下晒着阳光，暖和安适地睡着，只等春风来把它们唤醒，这是不是个理想的境界？"不觉愣怔了半晌。

下意识地百度一下"晒幸福"的词条解释：晒幸福是指两人或者两人以上把自己认为幸福并且能够温暖人心的事情或事物发表在互联网上，让大家能够看到，并且意图让大家知道。

晒，让我们阳光千万里的念想不灭。

晒，让我们触摸到生活的厚度和温度。

彼时，此时，所有晒在太阳下的生活，形似而神全然发生了彻彻底底的改变。昔日如果是张素描，那么今朝就是富有质感散射辉光的油画。

不过，素描也好，油画也罢，时光的洪流里，我会把那些触动心弦的吉光片羽，窖藏酿制成醉人酒浆，并且要取一个别致的名字——阳光醇。

人走了，山在草也在

一个山野一份心情。

我这个在山野长大从山野里走出来的人，从来都没有割断过和山野的联系。

只要有空闲，我都会来到这个山野站会儿，或者坐会儿。和我同行的有时是我的爱人，有时是和我一样也是在这片山野长大的朋友。

这次，是和我的朋友。我们站在山野的高处，默默看着眼前寂静的山野，默默望着已经夷为平地的曾经的家。

脚步轻移，怕踩碎散落在草丛里单薄的小花那一缕清纯，怕惊扰露珠凝在草尖上那个亮晶晶的梦。那种我们小时候称作老鸦蒜的花儿，金黄色的花瓣随风飘落了。花儿的飘零，让我清楚地看到生活里许多原本属于我视野范围内的事物在渐渐地消退，遗留下来的只有遗憾和怀恋。

时常想起少年时光，想起那个和我结下深厚友谊的哈萨克少女巴哈提。

那时，我常常在放学后一个人游荡在蝉鸣四起的山野，任山风吹散自己精心编起的麻花发辫。

阳光炽热地烘烤着山野的每一株草，每一块石头。哈萨克帐篷泛着纯净的白色光芒，如同一只只正在啃食青草的巨型绵羊。帐篷的不远处总可以看见一处冒着淡蓝色的烟雾。嗅着这样的烟火气息，我的心里会隐约升起一种期待，那是对食物的期待。物资匮乏的年代里，对食物的期待，恐怕是我一天里最重要的事情了。

我的衣袋里，装着热乎乎的炒苞谷或者麦子，这是哈萨克少女巴哈提从家里带给我的。

吃这些东西的时候，我是一粒粒数着吃的，一边体验苞谷或者麦粒在唇齿间碎裂时的脆响，一边品咂其特有的香味。

我曾经疑惑：同样的苞谷、麦粒，我家里炒出来的怎就不如巴哈提家的酥脆呢？听完巴哈提用还不怎么流利的汉语解释后，我兴奋起来，原来巴哈提家的苞谷、麦粒是混在砂子里炒熟的！

追寻着蝉鸣叫的声音，从密密匝匝的草丛发现那只正在鸣叫的蝉，以迅雷不及掩耳之势捉住它，是我和巴哈提最惬意的事情。把战利品放在手里，饶有兴趣地看它在自己掌心里爬来爬去。最喜欢的是蝉的翅膀，因为它是透明的，上面还有纵横交错的美丽纹路。大多时候，我们是把捉住的蝉，又放掉了。蝉突然获得自由时，会发出一声欢快的鸣叫，倏地一下便飞得不见踪影。

感谢巴哈提那香喷喷的炒苞谷，我往往会在山野里的一切都隐没在神秘的暮色里之后，帮她赶回还在山坡上贪吃的羊群。

巴哈提的妈妈，是一个看上去很慈祥的人。她总是在自己帐篷里忙碌着。她要挤牛奶，烧奶茶，还要烤制一家人的食品——馕饼。有时候，还会做奶酒和奶疙瘩（自制奶酪）。

我每次到巴哈提家的帐篷时，巴哈提的妈妈，会塞给我一块奶疙瘩。奶疙瘩可是巴哈提自家人也都难得一吃的食物，只有尊贵的客人来

150

了，才会端上来。因为做奶疙瘩得用很多的牛奶，巴哈提家牛不多，产下的奶还要卖给附近居民换一些买柴米油盐酱醋茶的钱。巴哈提家一共有七个孩子，一切家用完全指着几头牛和十几只羊换生活费，日子过得也不容易。自母亲提醒我后，从巴哈提家出来，我会记得悄悄地把奶疙瘩放回她家那个盛放食物的布口袋。

我和巴哈提的友谊一直持续到她出嫁成为新娘的时候。哈萨克女孩结婚都比较早，尽管巴哈提只比我大两岁，尽管她还想上学读书，可是父母的意愿却无法违背。终于，她在举行完有叼羊、撕红绸等必行的活动的婚礼后，便跟着一个长着红脸膛、络腮胡子的哈萨克男人远远地离开了家。不知道什么原因，自她出嫁后，我从未看见她回过娘家。后来，听到一个坏消息，巴哈提生第三个孩子的时候难产死了。为此，我难过得掉了眼泪。

白云舒卷，光阴难留。可是当一切都将淡远的时候，人们总习惯竭力去打开尘封的窗口，再一次刷新记忆。我和我的朋友，就是这样。也许，我和朋友此行有些寻根的味道吧。

我们登上那块小时候经常坐着背书的岩石，往下俯瞰已经面目全非的曾经生活过学习过的这个名叫三道沟的地方。这个地方，已经没有居民，所有的居民都已搬离了。

那里是学校，那里是操场，那里是大礼堂，那里是豆腐坊，那里是鹿场，那里是牛场……面对着空旷的山野，我和朋友兴奋地指着，似乎眼前并不是虚无。指着每一处，便会牵扯一段故事、一个有关的人。比如，教室维修，我们在大礼堂上课，舞台上一个年级，舞台下一个年级。比如拎着玻璃瓶去牛场打牛奶，不小心连瓶子和牛奶都摔了的趣事。比如端着凭票供应的黄豆去换豆腐排着的老长的队伍……然而，我俩的说笑不知什么时候停下了，我感觉我的眼里有些酸涩，有些潮润。我打开相机镜头，默默拍下了空无一人的寂静的三道沟景象。

忽而一串串熟悉的鸟鸣在头顶响起，抬头一望是两只被我们称作红头的鸟，在空中翩翩而飞。时而俯冲于山野，时而栖落在不远处的灌木丛中，时而轻翅一展，在空中翻飞。我猜想，这两只鸟，是母子俩吧。今天也许是鸟娃娃羽毛刚刚丰满，离巢试飞的日子。或者，两只鸟儿是正在恋爱的一对儿，晴好的天气正好一起出行，情深意浓，嬉戏于山野。

我的脑海开始翻腾。我忽然得到了这片山野给予我的教化：较之于三道沟，较之于这山野里一草一木，我是一介匆匆过客。是三道沟，是山野给予了我丰厚的记忆和难忘的生活。而现在，是生活在琐碎中的我，栖息心灵、释放压力的处所。

只要活着，我不会失去我爱。因为，人走了，山在草也在。

土　豆

　　一直对土豆心怀感激和敬意。嘴里念着"土豆"这个双音节词儿的时候，心里都会有一种踏实感。

　　朋友聚会，找个餐厅小酌。几个人坐定，拿起菜单，斟酌点菜的当儿，总会有人建议：来一盘酸辣土豆丝。随即还会叹一句，这可是国菜呀！而所有的人都会随声附和相视而笑，那笑容，是从心底发出的，亲切，温馨。

　　在西北，在新疆，凡是经过口粮紧张年代的人，都知道土豆是吃了最能顶饥的蔬菜，炒、煮、蒸都可以，而且口感不错。

　　当年父母单位偌大的菜地，绝大多数都是种了土豆的。

　　秋天收获土豆的时候，男女老少都上阵。大人们用铁锹一锹一锹翻挖，孩子们则拎着篮子，跟着把挖出来的土豆捡进筐内。筐子满了，就运到那个指定的地方倒下，再接着捡拾。一会儿土豆全都集合到一起了，堆成了小山。土豆挖尽，大人们开始筹划购买多少土豆作为过冬的蔬菜了。他们耐心排着队，一家家地过秤。买土豆的队伍似一条蜿蜒的长龙，但大人们极有耐心、极有修养地亦步亦趋。没有催促，没有埋怨。他们的脸上看不出一丝焦躁，彼此用满含喜气的语调寒暄着家长里短，聊着生活里的鸡零狗碎。我们这些能够拿得动锄头的半大孩子，便扑向地里，再把翻过的垄沟翻拣一遍，盼望找出几个遗漏的土豆。这个活儿，我们叫作"遛土豆"。忙活半天，我往往可以捡拾上半筐子小小的土豆蛋子，偶尔捡到个大些的，会兴奋地大叫着用手举着向同伴炫耀一下。

　　土豆买回家了。在没有放进父亲精心挖的菜窖之前，我和弟妹们必须帮母亲把土豆按大小简单地分拣一下。大的一堆，中的一堆，小的一堆，分别放进菜窖的各个侧洞里。那时候不像现在，到了菜店的土豆已经是分了等级的。一家家过秤称的土豆全部都是挨着扒到那个大筐子里的，无论大小。没有人提出异议，因为都认为这样卖最公平。大家都想买大个的，可是土豆秧子下面不可能都结一样大的土豆啊。何况，对于指望土豆扛过缺粮岁月，扛过青黄不接的冬季的人们来说，大小不要紧，只要不烂不坏就行。大的土豆切丝炒着吃，中的土豆切片炒着吃，小的土豆切成块红烧着吃，或者干脆囫囵煮、蒸熟，把皮一剥蘸盐巴酱油吃。实在小的，比如我们在地里遛的小土豆蛋子，也会被煮熟连皮捏碎拌上一点儿麸皮，喂鸡。没有一点可浪费的。

　　我是早早就跟母亲学会了变着花样做土豆食品。除了蒸、煮、炒，还做过土豆饼，土豆凉粉。那时候也知道，若是把土豆切成片或者条，放进油里边炸，一定口味不错。但是，根据人口分配供应的食油，是不可能让我们奢侈的，哪怕仅仅做一次。

　　现在超市里边，满货架摆着此类食品，包装很漂亮，拿来馈赠亲友，也相当体面。

　　一次，我们一家人晚饭后，坐着看电视时，分食盼盼薯片，我想起了自己小时候切了土豆片，放在烧红的炉盖上烤，哄哭闹的弟弟妹妹们开心的事情来了。由于我的耐心，我烤的土豆片从来没有烤煳过，总是熟得刚刚好。烤土豆片就是我和弟妹们的零食。只是有一次，爸妈不在家，我烤了土豆片，大概是因为没有弄干净吧，体弱的小妹妹吃了，大叫肚子痛。正在我不知所措的时候，爸妈回来了，及时把小妹妹送到卫生所，经医生检查诊断才知道小妹就是因为吃了我不卫生的烤土豆片，得了痢疾。

　　岁月悠悠。如今，我们的日子已经有了很大的变化，不用计算着油壶里的食油能否吃到月底，也不用算计着用土豆来顶缺粮的口儿，这些街边的粮店里随时都可以买到。这被营养专家称为地下苹果的土豆做的食品，也是新意倍出。有名的"新疆第一盘"大盘鸡，就须佐以土豆。鸡肉溢香，土豆油亮，令慕名品尝的宾客回味无穷。而那些和土豆有关的菜名：奶香土豆泥，腊肉土豆片，土豆猪肉锅贴，风味土豆沙拉……，每每在某次吃饭时遇见，总是要在心里嘀咕：我这是怎么了呢？怎么吃不出当年土豆的那种滋味了呢？

年画儿

　　蓝汪汪，清凌凌的一片水；水里漂浮着一张硕大的网；网里满是鱼儿，个个都是圆滚滚的身子，身上的颜色也是那么美，红色，黄色，白色，黑色，还有青色……这是一幅年画上面的图景。

　　那画儿高高挂在新华书店柜台上方，我已经仰起脸看了若干若干次，年画儿的名字很好记：《公社鱼塘》。

　　书店一向是我最心仪的地方。尽管我不喜欢那个站在书店柜台里边的营业员，但依然挡不住我走向书店的脚步，毕竟那些好看的连环画书还是可以抵消掉营业员面无表情的冷淡态度的。

　　太好了，终于可以买这张画了，而且是用真正属于自己的钱买。家里的墙刷得很白，是我和母亲俩人共同完成的，迎门的墙上若贴上这幅吉祥寓意的年画，那就太美气了！

　　书店距离我们居住的矿山有六公里路程，若搭不上便车的话，就得走着去。走在弯弯曲曲坎坷不平满是石子的矿山公路上，一遍遍勾画年画贴在家里的情景，并不觉得累。

口袋里边装了九元九角钱，都被我的手攥得要冒出汗来了。这可是我们姊妹几个全部的家当，是暑假我率领着弟弟妹妹们一起上山摘沙棘果换来的。我们的脸、胳膊、手都被荆条划伤了，却毫不在意，内心被兴奋装得满当当，因为我们可以支配这笔钱去办大事：买糖，买连环画书，买年画。

　　还有一周就要过年了，到书店里边买年画的人很多，挤在人群中，看着这幅叫作《公社鱼塘》的年画，还在那儿挂着，悬着的心稍稍平静了许多，捏着装钱的衣角，耐心地随着人们向柜台移动，心里溢满快乐。

　　我小心翼翼一层层打开包着钱的粉色手帕取出钱，示意那位没有表情的营业员阿姨我要买这幅年画的时候，另外一个人正好也叫着要买这年画，我急了，以从未有过的很大声音喊道：我先到的，应该先卖给我这张画！我就要这张！我盯着营业员阿姨，密切注意她的动向，生怕她取下这张画，却不是递到我的手上。

　　营业员阿姨听了我的话，出乎我的意料，她居然笑了。这时候我发现她笑起来真的很美：光洁白皙的脸颊上一对酒窝浅浅呈现，两排糯米牙齿，很白。眼睛不大，却有神，似两湾小小泉眼。她说，别急嘛，这画多着呢，要买，都有份！说着从柜台下面拿出一沓来。我这才恍然大悟，却原来挂起来的那张是样品。

　　回家的路上，抚着这张满是鱼儿的年画，还在为着一个问题困惑：那个阿姨，为什么不经常笑呢？实在是太严肃了。笑的模样多好看啊。

　　那日，闲走在集市，看到有人在叫卖年画。那些年画印刷精美，材质精良。有山水，有美丽的建筑……名字也起得好——聚宝盆，旭日东升，黄金满地，万马奔腾……欣赏着这些年画，不知怎么就翻腾出藏在记忆深处那幅名字叫作《公社鱼塘》的年画儿了。

　　蓝汪汪清凌凌的鱼塘，网里圆滚滚花儿般艳丽的鱼儿，占满整个画面。说实话，依现在欣赏的眼光看，这样的一幅画，谈不上艺术，然而，那个时候却在我的眼里是那么美。

1983年的红灯笼

西风飒飒,雪花儿飘飘洒洒,让冷得缩手缩脚的冬天,多少显得灵动些。距离年还有几天,但街边的店铺里边已经洋溢着年的气氛了,红红的灯笼格外耀眼。

大红灯笼高高挂,欢欢喜喜过新年。红红的灯笼,濡染了我深深的记忆。其中有那么一盏,特别亮,特别亮,那就是1983年的那盏红灯笼。

一进腊月,父亲就开始忙活了。收集了许多的竹子扫把上折断的竹条,还买了不少红纸。

母亲和我们姊妹四个,对于父亲的这些举动有些诧异,但也不便多问。

那时,父亲在我的印象里很少有好脾气的时候。家里很小的一件事,都极有可能是一场风波的导火索。还记得,我那时特别喜欢养花,在一位老阿姨那里剪了一枝粉色的月月红,种进一个漏了底的盆子里。在我的精心呵护下,月月盛开,甚至冬天窗外白雪皑皑,她也照样盛放着粉嫩的花朵。父亲见了,也啧啧称好。然而,在一次父亲翻找东西时,大概嫌碍事了，盛怒的他踹翻了盆不说，花也被连根拔起扔在地上，用脚搓捻成了一摊绿泥。我吓得不敢吱声，只是为心爱的花，默默地流眼泪……

终于，我们看出了端倪。

那天下午，母亲在锅台前炸麻花，我和妹妹们在一旁帮忙搓麻花。父亲似乎心情不错，坐在当屋一边哼着俄罗斯民歌小调，一边将那些竹条盘盘弯弯，然后拧上铁丝加固。

"哇，爸爸，你是要做灯笼吗？"小妹兴奋地问。小妹自小受父亲疼爱，自然只有她敢问父亲了。

"是啊。今年过年，咱们家也在门口挂一盏红灯笼。"

"哦？爸爸，那以前咱们家怎么没有挂呢？我们想买炮放你都不让。"

"那是过去啦。从今年起，以后咱们每年都挂灯笼，也允许你们买点鞭炮放放。"父亲摸摸小妹的头说。

"为什么呢？"小妹扑闪着大眼睛，盯着父亲问个不停。父亲小心地展开红纸，一圈圈地粘在灯笼骨架上，完工后，捧起灯笼左看右看，感觉满意后放下来，才顾得上回答小妹的问题。

"你看看，你妈养的八个月的猪，杀了将近一百公斤，咱们面口袋也满满的了，还有你姐姐工作了，还当了老师……"

平时不善言谈的父亲，那天打开了话匣子。看着说话时，长满络腮胡子的脸上泛着光的父亲，我一时间觉得，父亲还挺帅的呢！

要吃年夜饭了，父亲吩咐弟弟在院子里放鞭炮，要我和大妹妹帮助他把对联贴到门上，然后又把那盏父亲亲手做的红灯笼挂在屋檐门头上，小妹去拉了灯绳，霎时间，门前红亮亮的，引得邻居都跑出来看。

饭桌上，父亲端着酒杯说："日子好了，我的脾气也得改了。重要的是，我的莉莉（我的小名）工作了，还是老师。"

我望着父亲，心里说："是啊，我工作了。可以帮你分担家庭担子了，是该庆贺一下啊！"

时光飘远。历经生活中的酸甜苦辣咸之后，每每回想这些过往，我忽然觉得父亲的坏脾气，不是没有缘由的。想想看，供应的口粮还没有到月底就空了，而家里几张嘴要等着吃饭，一个人挣几十元钱的工资，而要供应四个孩子上学吃穿用度……这些想想就让人脑袋疼的事情，压在人身上，哪里还会有好的脾气呢？不挂灯笼，不买鞭炮，其实也是为了省钱起见啊！

常听父亲讲：年几天就过完了，这日子长着呢！这话，掂量起来，真的是有点分量的。

那日，跟已经八十多岁的老父亲提起这1983年的红灯笼，他竟然说他都不记得了。我有些遗憾，可是爱人说，你记得不就行了么？

是啊，我自然不会忘的。我哪里能忘记呢？1983年，是我参加工作的第一个春节，从那以后我可以分担家庭担子了，父亲是为我挂起的一盏红灯笼啊！

第六辑　又见桃花醉春风

兵团棉

夜灯下读报,看到有人饱蘸深情的笔墨,大书而特书新疆的棉花。这着实让我拊掌称快。

事实上,自从团场那座教师住宅楼其中的一间属于我以后,棉花才真正走进我的心底。这之前,它似一枚隐没在尘土里的石子,即使是在走路时遇见,也会毫不客气忽略它的存在。

正式成为一名人民教师的第一个春天,我带着学生到连队参加支农劳动。阳光照着蒸腾着泥土气息的条田,用来保温和保墒的塑料薄膜反射着耀眼的白光。棉苗正萌动出土,长得快的已经张开两片旗帜般的嫩叶,慢的才冒出一截嫩黄色的茎,而那长着叶芽的头还扎在土里没有伸展开来呢。

由于没有在田野劳动的经验,我没有像其他那些在田间抠苗放苗的女职工那样,把脸用大方巾包裹起来。6天的劳动结束后,我惊讶地发现,自己的脸变得粗糙黝黑,嘴唇也皲裂如同白杨树皮。和承包种棉的职工攀谈之后,则更是让我涌起从未有过的情愫。职工告诉我,一株棉花从出土到收获，人们至少要摸上50来遍！

从此，棉花便时常进驻我的思维领地，不再离去。

时光如水流淌，这片生长棉花的土地，早已经和我的生活紧紧连在一起不可分割了。

每年的暑假，我总是习惯于在吃完晚饭后，一个人或者约上朋友在通向连队的那条绿树掩映的路上行走。在路上，尽可以随着自己的心意，快走或者慢行，夕阳常常将金色的光芒透过翠绿的浓荫闪射到我的身上和脸上。

团场的夏夜，没有都市的嘈杂，非常安静，安静得可以让你听得见自己的呼吸，听得见自己的脚步声。偶尔，有摩托车风驰电掣般驶过，只留给你一个迷彩服的绿色背影。路旁，是平展展的棉花条田。风在棉花绿色的茎叶间吹过，叶子随风舞蹈，稍远处似乎有蓝色的雾岚浮在棉田之上，给人以梦幻般的感觉。

我总是会蹲在地边看看的。棉花孕蕾了，棉花开花了，棉花结桃了，棉花的桃裂开了，棉花终于吐出洁白的云絮了……这一次次的发现，让我欣喜得欢叫，好似一个孩童。我觉得，这在我的生活里算得上一件非常惬意的事情。

秋风起了，护佑在棉田边的白杨树开始落叶，零落成泥，碾作微尘。叶子谢幕了，洁白的花朵隆重地成了秋天田野的主角。一地的白色花朵，在秋阳下闪着白色的耀眼光芒，看久了，让人眼睛感到虚幻。

这些沐浴了一个春夏阳光雨露的花朵，被一双双手轻轻地、迅捷地摘下，被那些来自山南海北的拾花大军冠名为"兵团棉"。可不是吗？到兵团来支援秋收参加拾花的人们，回家时，哪个不带两床"兵团棉"做的网套呢？在团场生活的人们，哪个不给远在内地的亲戚朋友寄一包洁白温暖的"兵团棉"呢？还记得前两年南方发生雪灾的事儿。生活在南方的妹妹一家，就是靠了我给她们邮寄的兵团产的棉花做成的被子，度过了那个奇冷阴湿的冬天。

  曾经和内地的一个文友网上聊天，当她知道我是兵团人时，便提起兵团的棉花，她说她至今珍藏着一床棉被，因为这被子是"兵团棉"做成的，是她家一个远房亲戚到兵团拾花，回家时带回去的。她说，"兵团棉"，绒长，轻软，暖和。

  "兵团棉"，已经成了兵团的一块金字招牌，也让我这个土生土长的兵团人很是自豪。

石城街景

新疆离我们太远了，石河子离我们太远了——几乎所有在内地的朋友，网聊时跟我谈起新疆，谈起石河子，都毫无例外地这么感叹。

感叹之余，便是无限向往。

是的，对于他们，新疆，石河子是那么神秘，那么充满诱惑。

很自然，每每这样的时刻，便是我最为兴奋的时刻。

指尖飞快地在键盘上敲击，如数家珍地向他们描绘我的生活，描绘我所喜爱的这座被誉为戈壁明珠的小城。

毫无疑问，我发送出去的文字里，透着我对小城的热情和痴爱。

街道宽敞、平整、洁净。行走在路上的人们，眼神淡定，步态从容。那种上海外滩上抑或其他中心城市出现的摩肩接踵被拥堵的沮丧，在小城是没有的。但是，小城也绝不会让你感觉清冷、寂寞。

即使是飞雪的冬日，街道上仍然不乏身着各色保暖服的行人，各色出租车、公交车有序地行驶在路上，街道两旁店铺的大音箱里飘着欢畅的流行歌曲，一切还是那么阳光。我喜欢小城冬季氤氲着的这样一种特殊氛围。

尤其是近年的夏天，许多的街边增加了别致的景物组合，更是让小城素朴中透露着华丽，粗犷里蕴含着细腻。

在游憩广场看到过一组街景。

那些蓝色大圆盘三五个垛起来，盘边斜斜地逸出的花枝，缀满鲜妍的花朵，蓝的、紫的、粉的、白的；她们自然地自上而下垂挂下来，形成小小的花瀑。小小花瀑旁，则停着一辆木轱辘手推车，车上照例种满了鲜花。

那一刻，我抬头仰望纯净的天空，极力地找寻天女的身影。我想，那一定是天女不小心掀翻了盛满鲜花种子的水钵，从空中倾泻下来，恰巧落在了小城，而有人推着装满圆盘的推车巧遇这一幕后，抛下货物惊慌地离开，圆盘接住了从天而降的水，推车也接住了从天而降的水，从此……那时，我很是为自己这一颇具浪漫色彩的想象得意。

终究，这颇具况味的一景，让我的心产生悸动。

我想，当年那些来自齐鲁大地，来自潇潇湘水支援边疆建设的女兵，她们住帐篷、住地窝子的时候，对未来无限向往的众多梦幻里，肯定有这么一个吧？

而我，更愿意这么描述，是哪位爱花爱美的女兵，从家乡带来了喜欢的花籽，一直珍藏，一直培育，最终了却了让这些在故土开放的花朵，能够点缀自己亲手建设起来的边疆小城的心愿！

我曾经多次在这街景前驻足。把心浸淫在这别样的情境中，把街上所有的喧嚣挡在很遥远的地方。

我喜欢那一刻的静美。静美中，和小城的历史对话，和小城曾经的、现在的以及未来的建设者对话。

如今，秋风带走了雍容的绿，圆盘里、花车里只剩下泥土和一些花的残枝，已被皑皑白雪掩盖。而街边更远处的树枝上却栖息着我的一个梦。这梦静静酣眠，正等待来年的春风将它唤醒。

喀纳斯札记

我曾经不止一次对朋友说过，如果我风尘仆仆、跋山涉水，我的身份绝不是一个纯粹的旅游观光者，准确地说，我应该算是一个虔诚的朝圣者。我的宗教和图腾，就是自然。所以，亲爱的朋友，你眼前的这些文字，不单纯是浮光掠影涂抹山河的游记，我更愿意把它视为我和自然的心灵交汇和碰撞。

暑假的一天，我背着简单的行囊，来到石城的一个名叫西域风情旅行社门前，坐上了开往阿勒泰神秘莫测又声名远播的喀纳斯的旅游大巴。

临行前，上网查阅有关喀纳斯湖的资料，资料上描述：喀纳斯湖，发源于塔蓬博格达多山附近一条长达8公里的冰川地带，坐落在海拔3000多米的阿尔泰山的崇山峻岭之中。长约25公里，宽2公里左右，平均水深120米，最深处有188.5米，是我国最深的高山湖泊。喀纳斯湖是蒙古语，是美丽富庶、神秘莫测的意思。湖水由雪水融汇而成，墨绿清澈，宛若一块碧玉。

穿行于盘曲山道，呼吸着清凉如水的空气，望着道旁顾长秀丽被称为"情人树"的白桦，我在心里默默地说，喀纳斯，我来了。

真是百闻不如一见。当那青翠欲滴绿色世界里一泓碧绿的水域展现在我的面前时，我忽然感觉自己词汇特别的贫乏，我无法用言语描绘眼前的风景，也无法表达自己的感觉。好在随身带了数码相机，我便对着这神山圣水拍个不停。

囿于才情，我不提那卧龙湾那条横卧在碧绿清水里的龙，也不提清晨水面会涌起缥缈薄雾，疑似有仙女驾临的神仙湾，单单要说说那个碧绿水流夹在东西两山之间，顺着山势迂回流转，恰似一牙初升新月的月亮湾。

我觉得和月亮湾的遇见，是世界上最美的遇见。月亮湾，是这个有着"人类最后的一块净土"，"神仙的后花园"美誉的喀纳斯的女儿。

站在高高的山崖边，我久久凝望着她，仿佛凝望我深爱着的妹妹。据说，这弯"新月"会随着观察角度和季节的不同而各具神韵。

眼前的这弯"新月"，因为水的深浅，呈现出奇妙的色彩。深处碧青，浅处透明，且有着清晰的界线，泾渭分明。似乎将一弯月，又分割成了两枚新月，她们似一对亲密无间的姐妹，碧青的一枚是妹妹，透明的那一枚则是姐姐，姐姐抚着妹妹的后背顺势拥着妹妹。她们躺在雄健的山的臂弯里，灿烂的阳光下，闪着清新高雅的光泽。

也许和她们相隔距离较远，我看不到水的流动，她们分外安静且显得那么有质感。我慨叹：这哪里是水呢？分明是融化了的玉！

无色透明的那枚，可见沉积在水中的沙石，更为奇特的是，两处丛生的草，似两只巨大的绿色脚印。关于脚印，我听到了至少三个版本的神秘传说。第一个版本，传说是当年西海龙王收复河怪留下的，目的是用脚踩住河怪的经脉，让它永世不得翻身；第二个版本，传说是嫦娥专门来此偷食长生不老的灵药——灵芝，差点儿误了升天的时间，匆忙奔月留下的足迹；第三个版本，传说是成吉思汗追击敌人留下的脚印。

提起成吉思汗，我不得不说说那些生活在喀纳斯山谷里的图瓦人家。图瓦人，是个氤氲着神秘色彩的民族，至今仍然没有一个准确的定论。有些学者认为，图瓦人是成吉思汗西征时遗留下来的守卫要塞和放马场的兵士，逐渐繁衍至今；还有一些学者认为，他们的祖先是500年前从西伯利亚迁移而来，与现在的俄罗斯图瓦共和国属同一民族。近来，又有俄罗斯学者研究发现，图瓦人可能是印第安人的祖先。总之说法很多。出于好奇，更是出于一个多年愿意以文字描摹生活的写作者的敏感，我请导游引见我到一户图瓦人家做客。随行的还有其他几位游客。

图瓦人的房屋多建在水边苍松翠柏下的草地上，也许是因为地处深山，交通不便的原因，这种房子就地取材，从地基、地板、墙壁到屋顶全都是用木头制成的。令人惊讶的是，齐整的墙壁据说是没有用一颗铁钉。从附近或远处看去，一排排木栅栏连着一座座木屋，显得格外别致和精巧。所有房子的屋顶一律用木板蓬成人字形，导游解释说，山区雨雪大，陡峭的屋顶利于排水和安全，若是平顶的话，冬天的雪可以把屋顶压塌。

一进门，看见一只雪狼威风凛凛迎接着我这个不速之客，不过，别紧张，这雪狼只是图瓦人家精心制作成的标本。迎门的墙上就悬挂着成吉思汗画像。待跟随热情的女主人走进她家待客的屋子，即可看见正墙上悬挂着更大的一张成吉思汗像，女主人介绍说，这张像是自己用羊毛线一针一线编织绣制而成。坐在摆放着各种小食品的桌旁，我和盛装的女主人聊了起来。

图瓦人使用的是图瓦语，是中国现存的稀有语种，隶属于阿尔泰语系突厥语族。聪明智慧的图瓦人可是语言的高手，很多人都能说三四种语言。他们在家中通常用自己的图瓦语交谈；在学校里接受的又是正规的蒙文教育，说的是蒙古语；在平常时和周围的哈萨克人交流时还能说一口流利的哈萨克语；近年随着旅游的兴起，外来游客的增多，他们的汉语能力也有很大的提高，甚至会说英语的也不乏其人。所以，没有翻译，我们的交谈也不会有任何障碍。

凭着在新疆生活多年的经验，我知道女主人穿的是哈萨克族的民族服装。女主人大约也看出我的疑惑，她扯着衣角解释说，我今天穿的不是图瓦人服装，是哈萨克妇女的装扮。因为，我嫁的丈夫是哈萨克族。说着，女主人冲我笑起来，笑容里略略带点羞怯。

谈话间，女主人端出她亲手酿制的奶酒请我品尝。品尝之前，她自己先向成吉思汗像敬献了洁白的哈达，然后端起一碗奶酒，用手指撩起一点到地上和上空，嘴里说道：敬天，敬地。最后说，敬自己。随即把碗中的奶酒一饮而尽。我照着她的样子行完这套礼仪，才把奶酒喝下去。

图瓦人以狩猎和放牧为生。每到夏季，赶着牛羊去高山深林的夏牧场放牧，深秋来临，又赶着膘肥体壮的牲畜下山住进各自的木屋度过漫长的冬季。近年来野生动物越来越多地受到保护，能让图瓦人捕猎的动物已经很少了。于是，人工驯养马鹿，收获鹿茸逐渐成了他们的一项维持家计的工作。冬季里，喀纳斯一带的降雪都在一米以上。不仅车辆无法通行，即使是马和骆驼这样的大畜也很难迈开步子。大雪封住了山里和外界的交通联系。图瓦人就以互相串门，饮酒娱乐打发寂寞的时光。

听到女主人说她有个儿子正在外地读书，我担忧地问，孩子冬天放寒假怎么回家呢？汽车绕这条进山的盘山路都要走很久的哟！女主人说孩子是要回家的。我们用雪板把孩子接回来。

雪板，是冬季图瓦人在冰雪世界出行、狩猎必不可少的代步工具。这种雪板底下一般钉有马皮，下山时顺毛滑行，速度极快，上山时又具有很好的防滑作用。图瓦人乘着雪板翻山越岭奔走如飞。网络资料称据国外专家考证，这种滑雪板历史悠久，因此喀纳斯被称为"人类滑雪发源地"。

当我提议要听听传说中的神奇乐器吹奏的曲子，女主人爽快地答应了。她叫来了他的弟弟——一位看起来清瘦且有些腼腆的小伙子为我们演奏。

  这神奇乐器，是用当地一种苇科植物挖空内芯制成的。约五十厘米长，只有三个音孔。吹奏此器乐，完全用的是喉管的气息，因此只有掌握了这一独特演奏技艺的男子才能够吹奏。小伙子为客人吹了两支曲子。

  高低错落的音符，从这支名叫"苏尔"的口笛飞出，音质似洞箫，似长笛，又似西洋萨克斯。低音听来是浑厚宽阔，而高音则悠长明快。乐音里，我似乎看到那泓青山环抱的喀纳斯湖水忽儿宁静如镜，忽儿波光荡漾，忽儿风浪乍起，有传说中的巨型湖怪出现，还有那长满冷杉、翠柏、白桦的崇山峻岭。女主人向我们报了曲名《美丽的喀纳斯湖波浪》《雄伟的阿尔泰山》。最后，大约是氛围的感染，小伙子拿出"弹拨儿"（哈萨克乐器），主动说，这回我演奏的曲子，估计你们都很熟悉，请你们跟着曲子一起唱。乐声飞起，哈，原来是新疆那首有名的歌曲《可爱的一朵玫瑰花》。"美丽的姑娘见过万千，独有你最可爱……"当我们走出图瓦人家，随行的游客中还有人意犹未尽地小声哼唱着。而我则陷入思考，默默咀嚼着告别时女主人无意间所说的一句话，她说，许许多多的人慕名到我们这儿来，是因为这里美丽的风景和我们不一样的生活。

  是啊，亮丽的风景，总是在自己的视线无法企及的地方，总是在远方闪着诱人的光芒，众多的旅游者，把钱和感情潇洒地抛给这些有风景的远方，把风景留在一张张照片里，留在记忆和文字里。我们太过于向往远方了，因而忽略了身边的风景。

  不是有个关于网络聊天的笑话么？两位在网上相识，谈得很投机，有一天忽然发现，对方竟然就是见面从来不打招呼的隔壁邻居，交流的意趣顿消。

  我们的目光若多关注点身边的人和事，也许就不会只对远方趋之若鹜，不会感到自己空虚得似一株被连根拔起业已失水的植物。

  近处有风景，身边也有风景。

又是一年春草绿

春天终于迈着轻快的步子走来了。我照例是要到曾留有儿时足迹的山野走走的。因为，在这里用不着怕别人认清自己，用不着把自己的灵魂层层包裹。我本是属于这一片山野的，在离开山野之前，我是一棵梦想开花的小草。我曾经在山野住了很多年。

温暖的春阳下，我再次和那些视同朋友的草们亲近。

在上年枯黄衰败的草间，最先感知太阳的温暖，迫不及待地醒来的，是长着锯齿形状叶片的荠菜，开着朵朵金黄小花的蒲公英。吟哦"城中桃李愁风雨，春在溪头荠菜花"，哼唱"我是一朵蒲公英的种子，爸爸妈妈给我一把小伞……"我不免会心浅笑。时光深处的过往，竟然还似昨日刚刚发生，并未随时间流逝而淡远。我知道，业已中年的我，是想与那个梳着麻花辫子，拎着篮子，随母亲一起满地寻肥大的荠菜、蒲公英的小姑娘邂逅，想与和母亲有关的记忆邂逅。

山野的不远处，有哈萨克牧民的帐篷，闪着耀目的白光。帐篷周围有牛在悠闲地吃草。吃饱了，牛干脆横卧在绿油油的春草中，眯着眼，吧嗒着嘴,时不时发出"哞"的叫声,像是一个历事很多的长者,耐不住寂寞,自言自语。

俯下身去,我仔细找寻车前草和艾草。

这可是沾染了风雅墨香的草啊。《诗经·国风·芣苢》中"采采芣苢,薄言采之。采采芣苢,薄言有之……"芣苢,就是车前草,记忆里,母亲常常细心地将这叶片似猪耳朵的草,采回来洗干净,放进挂在屋檐下的铁筛中阴干,以备她的老病犯了,熬水喝了好消炎。

近期读到《诗经》中的《采葛》:"彼采葛兮,一日不见,如三月兮!彼采萧兮,一日不见,如三秋兮!彼采艾兮,一日不见,如三岁兮!"这是一首唱给心爱人的相思情歌,略去诗中美丽的情事不说,我知道了此中的"萧"、"艾"就是眼前这散发香气的叫作艾草的植物。当年满含报国之志,长叹"举世浑浊,唯我独清"的屈原,他就对这艾草情有独钟,且在作品里称之为香草。

提起艾草,我定要说说母亲曾经在端午节做的艾草糍粑。

每逢端午节来临之际,总要嘱我和弟弟去山野采艾草,采来的艾草,一是扎成一小把,悬在门楼顶端。据说是因为艾草代表招百福,插在门口,可以避病,使身体健康。二是用来做艾草糍粑。母亲是广西人,把她家乡的端午节习俗也带到了新疆。每年的端午节,除了包粽子,再就是做一种用艾草的嫩叶和糯米一起做成的糍粑,这就是艾草糍粑。艾草糍粑的颜色是墨绿色的,形状有两种:一是小小的圆圆的,一是四方块的,用粽叶包扎;馅通常是花生芝麻糖或豆蓉,四方块形状的有些则是咸的猪头肉菜馅。

母亲常做的是花生芝麻糖馅。这准备起来有很烦琐的工序呢。首先要把花生米放进锅里炒香,然后把花生衣搓掉并把花生弄碎,加入炒香的芝麻后再把白糖加进去,就成了很香的花生芝麻糖。接着要把早已备好的艾叶用水洗干净,然后在锅里放水和碱去煮(煮的过程大老远都可以闻到一种很好闻的艾叶特有的清香）。煮烂之后再用很多清水去洗，因为放有碱（据说这样做成的艾草糍粑不容易变坏，可以放久一点）。洗好后把水挤干，用刀背把洗好的艾叶剁碎，之后在锅里放些油把艾叶放进去炒一下，然后就是把准备好的糯米粉倒下去和艾叶一起拌均匀，再把艾叶和糯米粉和成团。最后才是动手做艾草糍粑，做法倒简单了（母亲常做的是圆形的）。拿一小块艾叶和糯米粉和成的面，捏成个圆形饼皮（皮要弄厚些，要不然蒸好后糖会流出来的），放进早准备好的花生芝麻糖，包好，就可以上锅蒸了。刚蒸好的艾草糍粑绿绿的、软软的，咬一口下去，满口都是艾草的清香，还有花生芝麻糖的香甜，真的是香到了心底也甜到了心底。至今我都忘不了这种香甜的感觉。

也想起与爱人刚刚相识相恋的时节。那时我在山沟沟里的一所小学校教书。他来了，没有别的什么好去处，于是相邀到山野走走，顺便采些苜蓿回来做饺子。也正好是春天，我们一边呼吸着山中清新的空气，一边采挖着苜蓿。说笑间，我告诉他，苜蓿，学名苜蓿草，四个叶子的被称为幸运草。传说中是夏娃从天国伊甸园带到大地上的，花语是幸福，若能找到有四瓣叶片的苜蓿草，就能得到幸福……他疑惑：苜蓿草常见的是三片小叶子的复生叶，只有稀有的品种才能找到四片叶子。据统计，大概十万株里才会有一株四叶草，十分罕有啊。所以，因为罕有，才珍贵嘛。若能寻到四个叶子的苜蓿草，那就太幸运了。我嗔道。于是，我和他便在这遍野的春光里低头细细寻找那四个叶的苜蓿草了。

时光流转，四个叶的幸运草，我们一直没有寻到，但我们已经找到了相爱相守的幸福。

和同行的朋友散漫地说着这些陈年往事，还禁不住要到已经成为废墟的老宅看看。到了那里，我惊讶地发现，那些断壁残垣也夷为平地了，上面已长满郁郁青青的草。不由感叹：光阴匆匆的脚步里，草，始终是个沉默的角色，但它一直在行走。行走在中医笔下那张神秘的药方里，也行走在那部古老的经典著作《诗经》里，更多的则行走在悠远绵长的深山、苍凉冷寂的幽谷，或者乡村田埂上和城市钢筋水泥的缝隙里。无论是有名的，还是无名的。它们，春夏秋冬四季寒冷，枯荣自守甘苦自知。

　　草，是卑微的，又是满足的。只要给点阳光雨露就灿烂。有位女作家说过：每一棵草都会开花，我喜欢她的这个说法，可是不敢苟同。但我始终相信：春风拂过，春雨滋润过，春阳拥抱过，小草，就会绿遍天涯。

行走在母亲的故乡之一：烟雨荷塘

暑假陪母亲回到阔别多年的家乡，才得以看见这日思夜想的荷塘。

早在读中学时，受朱自清先生《荷塘月色》的感染，我这个生在北方长在北方的女子，不禁对荷花及其荷塘心生向往。

站在荷塘边上的时候，还零星地下着小雨，但这并不妨碍我造访荷塘的兴致。我随身带着数码相机，从不同角度拍着这烟雨之中的荷塘。

嗅着潮润空气中的荷香，放眼望去铺满绿色小伞的水面，雨点滴落，晕开一个个圆圈，粉色的荷花，高高低低，在烟雨中不再羞答答地展露花容，却是落落大方地接受雨水的洗浴。饱含水气的花朵，厚重端庄，任凭风儿一遍遍缠绕亲吻着，却纹丝不动，最多被风扯下几片花瓣。我想当年周敦颐，也一定是看到了这样的情形，才写下了"出淤泥而不染，濯清涟而不妖"的句子吧。

荷塘里有小舟穿行于荷花丛中，舟上站着穿花衣、戴斗笠的女子。随行的妹妹介绍说，那是在采摘已经成熟的莲蓬。只顾惊叹美景的我，这才注意到，荷塘里的荷花，不只是盛放的，有好些花瓣已经凋落，那中通外直的茎秆顶端只举着杯状的莲蓬。莲蓬有的还绿着，有的已经变成褐色。那褐色的，里边就是发育饱满的籽实——莲子。

荷塘的主人，得知我是来自北方的远客，便递给我几支采下的莲蓬。示意我剥开绿色的莲蓬，取出莲子，去除绿色的外皮，品尝一下新鲜莲子的滋味。我咬开一粒新鲜的莲子，清甜便漫溢齿间。又剥开那褐色的，发现那包裹在籽实外的皮，竟然如同铠甲，坚硬无比。放进嘴里试图用牙咬开，无奈徒留几个牙印。在北方，我只见过摆放在市场上卖的莲子，白色的或者是肉红色的。我恍然：原来我见过吃过的莲子，是经过了去壳这个程序的！

莲子去壳，可真是不容易。要想得到整颗的莲子，须得耐心地做手工。手指捻着小小籽实，放在木板的小小凹处，另一手拿一柄砍刀，对准这坚硬的外壳敲击。一手转动籽实，一手用刀敲击籽实的外壳，两手须和谐默契，用力也须恰到好处。好奇心驱使我拿了一粒来尝试操作一番，不料，那莲子不是被刀砍飞了，就是毫发无损，完好如初。不甘心，连着试了几粒，都以失败告终，只好苦笑着作罢。

剥掉莲子外壳，工序还没有彻底结束。还须用一细针从莲子的底部，把里边的莲心捅出来。

我手托一根绿色的细细的莲心，想起那关于千年古莲开花的报道，这苦味的莲心，竟是荷这美丽生命得以繁衍的根本。它可以埋藏千年，穿越时空。据说，这莲心，是助人平安度过酷夏，消除暑热，降解心火的上好佳品，禁不住感叹。

荷塘的一端，机器声隆隆作响。上前细问，原来是在往外抽水，要清理荷塘里边影响荷花生长的一种螺。有几个人已经踏在水浅的淤泥里，打捞着，一会儿便抬上来一箩筐。那浅黑色螺壳里有肉体在慢慢蠕动，一会儿便溢出壳外，轻轻用手指去触摸，那肉体倏地一下子缩了回去。

清理螺辛苦，种植和收获莲藕更辛苦。需要光着脚下进淤泥里栽种有胚芽的藕节。收获莲藕的时候，得用手在淤泥里抠挖。我的小妹，这个嫁到江南的北方女孩，就下到塘里收过莲藕，一季活儿干下来，指头流血，指甲劈裂脱落。

"采莲南塘秋，莲花过人头；低头弄莲子，莲子青如水。"想起自己吃莲子时轻松低吟《西洲曲》，不禁被自己那点小资情怀汗颜。

这烟雨里的荷塘，不单濡染诗意，更浸透尘世的烟火。

的确，轻摇小舟，或者漫步荷塘岸边，一边赏荷，一边吟咏关于荷花，关于采莲的文辞佳句，很诗意。熬一碗莲子羹，炒一盘藕片，品咂清甜醇香，也很惬意。殊不知，剥莲子壳，采种莲荷，却要费尽周折，如此繁复细致地劳作。

那天，我选了荷塘的一处景致，贴着几支荷花站着，让妹妹从不同角度给我拍照。我尽情地挥霍了荷塘的美，晚上，泡一杯莲心茶，欣赏晒干的莲心，在清澈的水中将淡雅的绿晕散开，再一口口喝尽。沉思之间，偶得一句：莲之所以受到许多人的赞赏，是因为她不仅能够把苦藏在生命的最深处，而且还能够把这苦绽放成灿烂的花朵。

行走在母亲的故乡之二：老屋

　　墙壁斑驳，被雨水洇湿的墙脚以及门前的台阶，长满了青苔。屋子暗黑，溢满潮湿的气息。墙面上，附着岁月的尘埃，厚厚的，已经看不出本色。老屋的周围都是居民近年来建起的小楼，有三层的，也有五层的。

　　这是外婆住过的屋子。外婆自嫁到李家，成了李氏家族的媳妇儿，就一直住在这屋子。我的母亲就是在这屋子里成长起来的。

　　小妹指了指老屋墙角的一处：喏，老去的外婆，当时就停在那里。

　　我盯着这处空地，眼泪差点满溢出来，但竭力控制住了。我也不敢提出到外婆的坟前去看看。因为，身边站着母亲，我怕母亲承载不了这悲伤，外婆故去的时候，母亲的病正是猖獗的时候，事隔很久，康复的母亲，哭过、痛过好几回。我不忍再撕开母亲的伤口，在天堂的外婆，怕也不愿看到亲人为自己痛苦的样子吧。

　　四处打量着老屋，我极力想象外婆的生活影像。

　　外婆一双超乎寻常的大脚踏着一双木屐，双手拢在宽大的袖筒里，立在屋子火笼旁，侧耳听着门外的动静，兴奋地呼唤着孙辈们的小名，然后目光追随跨进门槛的孙儿，呵呵地笑着。抑或坐在一把老旧的竹椅上静静地抽着水烟。粗大的指关节，突兀在那杆光滑的水烟筒上，诉说着曾历经的艰辛。静寂中，只听得水烟咕噜噜的声音。

然而，这一切都只能从母亲和小妹的回忆里知道，不能够让我亲见了。

外婆在老屋里终老。之前新楼已经盖好，但她不肯入住。仅在吃饭、看电视时在新房子里坐坐。说是自己一大把年纪，不定哪天就出远门不再回来，她怕弄脏了新房子，怕孙辈们日后想起作古的她害怕。

逝者长已矣，生者且唏嘘。外婆已经被她钟情的土地所收藏，隐没在悠远的时光深处，徒留这老屋，让从远方归来的我，感怀深深。

站在老舅新建的楼房阳台上，可以看到这低矮的老屋，挤在周遭的楼群里，屋顶的瓦，尽管被南方勤快的雨水冲刷无数遍，但仍然显出老旧的痕迹，如同颜色鲜艳的彩照影集中赫然夹着一帧已经发黄的黑白照片，无言地提醒着曾经流逝的光阴。

当年，母亲从故乡出发，到遥远的西北寻找新的不一样的生活，她想望一望祖辈没有看见过的那一枚月亮。生活路途上行色匆匆，且歌且吟，且哭且笑，青春被我们姊妹四个和一个拙朴得不知道如何体贴人的丈夫湮灭，绚丽的梦想似乎还很遥远。这才猛然意识到，无论怎样，自己仍旧是一只风筝，被故乡牢牢地牵绊着。

可是乡音已改，容颜已老。生活在故乡的人们，除了外婆、老舅这辈人，小辈们多数是不认识母亲的。母亲为此曾轻叹：唉，我就是一随波逐流的浮萍，无根无家！

我懂得母亲的意思，外婆走了，老屋空了。和母亲在老屋里一同长大的老舅，如今也是头发花白、步履蹒跚的老翁了，而老屋终究要在某一天或者自然倒掉或者被拆除。

母亲后悔自己当年年轻气盛，以至于弄丢了家。听着母亲的叹息，我的心里浮起一层再也挥不去的忧伤——世界上最痛苦的事情就是漂泊的心永远无处安放啊！

作为女儿，我不能眼睁睁看着母亲在垂暮之年，陷入无望的痛苦中。

一边安慰母亲，一边打开随身带着的数码相机，拍下了老屋。母亲在老屋里走动的情景，指着老屋里边的陈设说话的情形，我特意录了短片。

我的意识里，自己是常常顺着母亲的血脉去寻生命的源头，因为，母亲有一个庞大的家族，而父亲三岁起，就成了孤儿。我的祖父死于战乱，祖母重病而亡，年幼的父亲从来没有祖父母埋在哪里的记忆。

空荡荡的老屋，蓬勃了近一个世纪的烟火似乎淡远消失了，而我却试图想存留下点什么。

老屋啊，老屋，我从你这里看到了生命的流转，从此，你便成为滋养我今天或者明天的生命花朵的土壤。

行走在母亲的故乡之三：凝望稻田

眼前的一切颠覆了我对稻田的所有的憧憬和幻想，同时也充盈了内心深处的虚空。

这是收割后的稻田。田埂圈定的大方格子里还有水，水里满是已经被腰斩的水稻的残根，来不及运走的稻草散乱地堆放在田埂上，有些甚至没有被捡拾到一起，依然匍匐在水里。所有的大格子，主色调就是萎黄，偶尔点缀些零星的绿，那是趁机恣肆一下生命的小草。除了偶尔飞来觅食的小鸟，起落间给稻田带来些许灵动外，稻田沉寂得让人感到胸口发闷，连呼吸都有些不顺畅了。

在这之前，对稻田所有的认识均来自电影、画报，或者某些歌曲。稻田氤氲着诗意。

清凌凌的水上，勤劳的人们高高卷起裤管，一边插秧，一边欢歌笑语。身后，便是整齐成排的绿色秧苗沐浴在灿烂的阳光下了。抑或，风吹沉甸甸的金色稻穗，就等开镰收割了。

老舅新建的三层小楼就在稻田边上。站在老舅三层小楼的晒台上，凝望着稻田，我有些恍惚：此稻田与彼稻田，哪个更真实？哪个更迷人？

当这样一个诘问形成之后，我感觉自己的心跳加快，脉管里的血液奔涌激越起来。

要知道，多年以来，母亲口中的故事雪藏在这片稻田里，这些故事，濡染着温暖的烟火味儿，一直散发着迷人而持久的光芒。

我的老外婆，曾躬耕劳作在这片稻田。

她熟稔稻田的每个角落。直到年纪很大，肩膀再也承载不起那根竹子扁担，挑不起那对硕大的箩筐，才不得不离开稻田。即使是这样，老得走不动的外婆，还会用眼睛，一遍遍抚摸稻田。

离开故乡，在遥远的西北天山脚下安家落户的母亲，动过接外婆到新疆的念头，可是外婆没有答应。稻田养育了她和她的孩子们。我的老舅，我的表弟，母亲故乡所有亲人们的吃穿用度，都曾经仰仗着这片稻田，稻田于亲人们的恩情，深厚而悠远。哪里能够随便割舍掉呢？

还真得感谢生活，她教会了我理性的思考。而思考的结果，让我对那朵叫作诗意的花儿，产生了怀疑。

诗意有时候会遮蔽生活的真相，那是一些让我们失去疼痛感的真相。收割后的稻田，缺乏诗意，但它无比的真实。这真实，随时提醒你，感念于土地和阳光的恩情，感念于稻田赐予的粮食，感念于这些粮食在成熟之前，有多少汗水的挥洒和滴落……

离开故乡多年的母亲曾经告诉我，她从来都没有走出过稻田的牵绊，最初我是不相信这句话的。但当我亲眼见到了这方稻田后，我信了。

对于眼前的这片稻田，我颇有一种亲切的感觉。

因为我也和这片稻田有着千丝万缕的联系。西部垦荒年代，生活极其艰苦。而那时我们姊妹四个正值青葱般年龄，油水少，饭量大得惊人，一个月的供应粮，半个月就光了。情急之下，母亲写信向老舅求助。不久老舅就寄来了全国粮票，还寄来了用铁桶装的猪油。这样的情形持续了许多年。

那些花花绿绿的粮票，是老舅用从稻田里收获的稻子换来的。米糠这舂米留下来的副产品，则育肥了猪栏里那一头头猪。猪宰了，肉卖掉了，猪板油则全部炼制出来，寄给了我们。

从老舅写的家信中获取这些信息时，我还少不更事，我只知道老舅的粮票和猪油收到后，爸妈的眉头会舒展开来。而餐桌上因为有了油水而香浓无比的菜肴，让我们姊妹几个倍感惬意。

这个时候，母亲的关于故乡小河边美丽的野花，故乡插秧割稻的繁忙，故乡夜晚青蛙们在稻田响亮的鸣声……一个个沾染泥土气息的意象，随着母亲滔滔不绝的讲述堆叠在我们眼前。

粮票年年寄，稻田的故事母亲年年重复。稻田，从此就成为我心中一个神秘的向往。

夜幕降临了，站在老舅三层小楼的晒台上，倾听稻田里各种小动物的鸣叫声，跟老舅重提这些旧事，老舅叹息：老了。稻田也要种不动了。而年轻的，却也不愿再留下来侍弄稻田，都出去做工了哇。

听着老舅的这声叹，不知为何，我的心里隐隐作痛，如同五年前的春天听到外婆辞世的消息的那种痛。

外婆守望着稻田，直到终老。如今老舅也将守望稻田，直到终老了。

生活也真是够滑稽，当我千里迢迢，踏上母亲故乡的土地，朝圣向往已久的稻田时，我的表弟，我的表弟的孩子，他们都已离开了祖辈耕种的稻田，他们走出乡村，走向城市，在城市繁华的一隅，奔忙着圆着自己的梦想。

那么，接下来谁来守望稻田呢？谁能回答我？

又见桃花醉春风

记忆的烟云里,我曾经是不大喜欢桃花的。而这又源于某些有关桃花的意象。

捧读《红楼梦》,读到痴情女子林黛玉的《桃花行》:"胭脂鲜艳何相类,花之颜色人之泪。若将人泪比桃花,泪自长流花自媚。泪眼欢花泪易干,泪干春尽花憔悴。"不免伤感唏嘘,桃花,成了这位孤傲清高的美女红颜薄命的象征性写照。

后来,对人们为何用"桃色新闻"、"桃花运"、"桃花劫"来描述一些生活现象,作了点小小探究后得知,桃花在古时候就被注入酒和色的内涵,散发着暧昧的气息,我便愈发地不喜欢桃花了。

然而,自从我得以和桃花零距离接触后,我却荡涤了心中对桃花存有的芥蒂,爱上了桃花。因为桃花的温暖热烈,因为桃花唤起的对生活的珍爱和感怀。

阳春三月,踏春的最好去处,便是这桃源生态旅游区了。

春风拂过,春雨飘过。早春里,乍暖但还有些许寒意的天空下,桃花濡染了桃园里的春和景明。

　　农场桃园里的那些刚刚从紧裹的"防寒服"里伸展蜷缩了一冬腰肢的蟠桃树,仿佛相互约好了似的,于晴空丽日下燃起粉红的火焰,一时间引得蜂飞蝶舞,赏花拍照的游客络绎不绝。吟咏《诗经》里的那句"桃之夭夭,灼灼其华",我终于理解了其中意蕴,那是在说,桃花盛开的时候是有温度的,当然我知道,桃花开放带着温度,不是我的发现,早在一首宋代诗歌《春人》中就有"桃花烧风作春暖"的句子了。而那句"黄四娘家花满蹊,千朵万朵压枝低",此刻我相信一定写的是桃花。且看那桃树枝条,密密麻麻缀满花蕾,未开的似羞怯的小姑娘挨挨挤挤躲闪着你的目光,半开的宛如美少女开启红唇般准备吐蕊舒展粉色的花瓣,全开的则如已经有了如意郎君的少妇,把自己的幸福漾在阳光下,以期得到别样的艳美和祝福。

　　穿行于桃树林间,有风吹过,有桃花飘零。忽然想起小时候和妹妹们一起玩过的一个葬花游戏。当然葬的不是桃花,是野刺梅花。野刺梅,一丛丛的,长在山野里,花有金黄的,也有纯白的。盛花期间我们捡拾花瓣,凑够十朵后,就许个愿把花埋起来。据说这样做就可以实现愿望。尽管这个经验来自于我当时看的一本小说,但我们还是虔诚地相信这个举动是灵验的。而今,人已中年的我,不再玩这葬花许愿的游戏了,但我知道在隔着这个春天的那个遥远又遥远的春天,在这片还是沙砾、野草、榆树、红柳的原野上,一定栖息着垦荒者们美丽的梦,他们勾画着蓝图,畅想着不远的将来,果树成林,麦浪成海……我觉得,眼前这一树树的明艳,就仿佛是他们圆了的梦。

　　不是么?我脚下的这片土地,因为这些成片的蟠桃树林,因为这片蟠桃树林的花朵和果实,已经闻名遐迩,已经有了一个让所有桃农骄傲的名字:中国蟠桃之乡。蟠桃生产,成为这片土地上的经济支柱性产业的一翼,是桃农们甜蜜的事业。

看，桃园里的桃农又在修剪枝条了。那些开满花朵的枝条，成堆地散落在桃树下。

　　我不止一次看桃农把开满桃花的枝条剪去，我也知道这是为了桃树挂果、能够结出丰硕的果实而采取的必要的合理的措施，但我还是忍不住怜惜被剪去的这些花朵，总要捡些回家养在水瓶里，于是，我的书桌上便有了春水漫桃花的精致。春天午夜的灯影里，听着那首《在那桃花盛开的地方》，细看瓶中的桃花，我便看到了农场生活里最美丽的细节，我的相机取景框里那幅永远的画面：无数朵桃花扬着酡红的脸庞，在和煦的春风里沉醉。

冬天的北湖

寒冷的天气，用俗语说，还正数着"九"呢，突然想起这个炎夏汇聚玛河水的碧波荡漾的人工湖了。这样一想起，似一根羽毛轻轻撩拨着身上敏感的皮肤，痒痒的。对身边那人说，想去看看北湖。他望望我，脸上经历了惊愕、诧异、释然的表情之后，没有说什么，拎起相机，便和我出门奔北湖而去。

我的心热乎极了。幸好，北湖就在这小城边上，若是提出到生活着爱斯基摩人的北极，那就是在刻意为难这个既是伴侣又是朋友的男人了。

坐在寥寥几人的车上，很是疑惑：这去北湖的公交车，如此稀疏，大约要四十分钟一趟，而夏日里，公交车累得上气不接下气，还是人满为患呀！

当我走近北湖公园的大门，看着那间窗口贴着每人二十元的售票房门户紧闭，我恍然，谁在冬天造访北湖呢？来北湖看什么呢？看雪？北方的冬天，雪可以飘落到任何一个角落，任何一个人只要愿意或者有心情，随时都可以和雪亲密接触，大可不必跑到北湖来看雪。

然而，我却来了。

北湖公园的大门锁着。旁边的小侧门开着。四周望望，不见一人。跨进门去，心忐忑着，但那声"喂，不买票怎就进去了"的断喝，终究没有出现。感动如眼前的雾，缭绕升腾起来，这旁开的侧门，是专为我和像我一样被突如其来的情绪左右的性情中人留的呀。

静。眼前的北湖浸在迷蒙的雾中，已经升到半空中的太阳被雾罩着，阳光的锋芒敛了不少，只把锐气藏在柔和的银光中，空旷、寂寥。曾来栖息歇脚的天鹅、大雁不见踪影。游人的喧哗，被凌厉的寒风吹散了好些日子了。

在极为寒冷的冬天，去空无一人，甚至连飞鸟都不见一只的北湖，踏着积雪，听自己咯吱、咯吱的踏雪声，算不算得上是奢华或者堕落？回味这个突然冒出的命题，我笑了。我知道这笑容里含着一种特殊的成分。

我一向是不大从众。还记得小时候，假期拿回的成绩报告单教师评语一栏里敬爱的班主任给我的希望：性格有些孤僻。希望能融入班集体，和同学们打成一片。

看着这个评价，我好失落也好害怕。好在母亲理解我，她对家访的老师说，一个喜欢读书，把精力完全放在书本上的孩子，自然显得和大部分孩子不一样了，顺其自然吧。

现在，我依然故我。

我是和冬天的北湖约会。来之前，特意洗了一下才做过发型的头发，抹了弹力素。化了淡妆，穿上那件小妹送我的粉紫色铺满玫瑰花朵的大衣，再配上米色绒线帽和米色围巾，只觉得这些明丽颜色把冬天的黯淡和单调挤跑了。寂静的北湖，通往荷花池的路，池上铺满雪的小木桥，也因为我的到来和行走，生动了许多。

站在荷花池的小小木桥上，搜寻记忆中的残荷。雪，实在是太吝啬了，连一片枯黄的荷叶都不曾给我留下，哪里有残荷的影子？

我却不感到沮丧。我不是一个贪婪的人，在冬天的北湖，能够有一

189

份这样的念想，也是很好的。

不是么？

去和自己喜欢的地方约会，本身就是一厢情愿的，实际上用这样一种诗意，抵抗一下生活的平庸，全然在己，而不在彼。

走出居室或者走出那方被周围芜杂事物局限的视野，可以让一颗心轻盈起来，你尽可能地舒展开来，卸下伪装，让伪装彻底成为毫无用处的摆设。

我在北湖边上，随意眺望被雪覆盖的湖面，随意在北湖堤岸的一角，在那些被切割机切割得很规整的正方形冰块上跳来跳去。这些冰块，据说是被运往游憩广场制作冰灯的，每年小城都要举行一次冰雪节，而那些形态各异的冰灯所用的冰，就取自北湖。我在这些冰块上坐着，夸张地摆出各种姿态，由爱人拍摄。一点儿也不担心这些与年龄不相称的行为，会惹来异样的目光。

行走在北湖那条能和颐和园长廊媲美的长廊里，仔细辨认那廊顶和廊柱上雕镂刻画的人物、花鸟。释放了快乐的心情，促使我哼唱着一句改了的歌词：我爱你，北湖的雪。我想起了中学时代学习的一篇课文——张岱的《湖心亭看雪》，那时并不理解，大雪三日，湖中人鸟声俱绝却还要前往的张岱，而今，则是彻底领略其中的雅趣了。

冬天的北湖，清寒，枯瘦。虽然不能够捕捉到她细节的灵动，但我不会停留造访的脚步，我知道，让心在这特有的寂静里飞一会儿，不是堕落，更不是逃避。

一个春天一棵花树

初春，满眼温暖的晴光里，校园中这株硕大的花树，满枝头举着明艳的粉色花朵。不知怎的，尽管年年如是，可我还是觉得她开得突兀，仿佛是我一眨眼的瞬间，猝然盛放。

盘曲的虬枝构成的树冠，饱满、坚挺，如一把巨大的伞，可以从容地抵挡风雨。

我不知道这棵花树，是在什么时候，被一双怎样的手栽植的。校园里来来往往的人，也不会有谁特意去打听她的来龙去脉。不会的。

然而，这并不妨碍她的春去春来，她的花开花谢。

我喜欢上了这棵花树。

当这个意识涌上心头，就连我自己也有些惊诧：不是早已过了玩浪漫的年龄了么？浪漫，早已随着那件结婚时爱人给买的大红色连衣裙压进了箱底。

然而，这棵花树，撩拨起了蛰伏心底的特别情愫，它，轻轻地迂回着，那么近，近得可以触摸到。

空气里弥散着春天里甜润略带泥土温暖芬芳的气息，徜徉在花树下，静聆花枝上千百只蜜蜂的嘤嘤嗡嗡，粉色的花瓣，在风中飞落，树下黑褐色泥土上已经铺得满满。

这样的时候总要吟咏铭于心的诗句：如何让你遇见我／在我最美丽的时刻／为这我已在佛前求了五百年／阳光下慎重开满了花／朵朵都是我前世的盼望／当你终于无视地走过／在你身后落了一地的／朋友啊／那不是花瓣／是我凋零的心……

我是真的喜欢这棵花树。

眼前的这棵花树，冬日里，卸掉雍容的华衣，抵抗着肆虐的寒风，坦然裸露着皲裂的伤口，孤绝，苍凉，但毫不懦弱。夏季，只披挂葱郁的绿，寂寞在远离热闹的花坛的一隅。秋季，铺一地碎黄的落叶。从来都是一副淡定的模样。随遇而安，安恬，沉静。

过尽千帆，经过岁月的薄凉而业已成熟的女子莫非就是这样？

比如那个网名叫玫瑰的女子。我和她相识于网络，结缘于文字。也曾感念于她的执着，和她终于约见于一个乍暖还寒的春天。我们执手走在盛放着洁白花朵的梨树下，畅谈了许久。

她刚过不惑之年，却历尽坎坷。下岗，婚姻大厦坍塌，在人生的凄风苦雨里，挣扎。摆地摊，做寻呼员，当水洗工……最终她拿起心爱的笔，她的文章四处开花。

近日看到她博客扉页的心灵独白：感谢人生旅途上每一次不可避免的伤害，让我愈发勇敢，坚强，成熟而自信。更加热爱生活，懂得珍惜。纵然时光如流，任凭世事变迁，我依然是我自己。哪怕整个世界都背叛了我，我也绝不会背叛自己。沧海桑田，几多悲欢。为写作而生，我是无悔的玫瑰。

我暗自颔首。是的，经过岁月沉淀的成熟女子，内心是强大的。

仍记得少女时代，初遇席慕蓉那些美丽句子时的心悸和感动。可是眼下，这些心悸和感动似飘落于沙漠里的雨点，踪影全无。甚至还会反驳得掷地有声：没有人遇见，怕什么，美丽不只是给别人看的；盼望落空了，难过什么，花儿谢了，明年还会一样地开；爱被辜负了，忧伤什么，爱情很短，人生却很长啊！

光阴的凉意里，已然小半生的我，愿意删繁就简，摒弃琐碎。愿意把尘世喧嚣的声浪挡在门外，安详地守住一点宁静。不受一丝侵扰。

就如这棵花树，即使是初春花开的时日，全然不理会人们的喜与不喜，见与不见，她就长在那里，绿在那里，花开在那里。

石城春天里的两个词

一 桃花

（一）

风儿让门前的柳树们，再次披挂起绿色发辫。

我和我的朋友们又要开始盯着日历数日子了。

嘴里数着，心里便开始想着那个挤满阳光的桃园，想着那一株株桃树以及她们高举着的让人惊艳的花朵。

因为，我们有约。

因为，我们生活在桃花盛开的地方。

（二）

我们相约去探访那些殷殷粉红。

我最喜欢的还是那一簇簇花蕾。站在树下，仰着脸，屏声静气，感觉她们轻轻地爆裂，漾开蕴藏了一个冬天的心事。

（三）

风吹桃花落。

随花而落的还有那些旧日时光。

粉色蕾丝边的连衣裙，

母亲编织毛衣时阳光照在指尖反射的粉色光泽，

永远定格在一帧叫作岁月的照片里，成为一种记忆。

风吹桃花落，你纷纷飘坠的花朵，惊醒我们心底沉睡的情愫：韶华易逝，青春难留。

（四）

桃花，桃花。

轻轻呼唤你的名字。

你的名字，先贤们呼唤过。

吴融赞你："满树和娇烂漫红，万枝丹彩灼春融"。

周朴怜你："可惜狂风吹落后，殷红片片点莓苔。"

袁枚叹你："残红尚有三千树，不及初开一朵鲜。"

尤其唐朝那个叫崔护的"去年今日此门中，人面桃花相映红，人面不知何处去，桃花依旧笑春风"的感伤故事，在文字里活了千百年，今后仍将活下去。

桃花，岁月老去，你永远不会老。

你古典且时尚的名字，被我，一个脉管里鼓荡着激情和热爱的现代女子，轻轻呼唤，抑或轻轻写在一张洁白的纸上的时候，你便属于所有热爱春天的人们，你就是春天的期待。

（五）

桃花，桃花。

踏着春风，跟你约会。

花开花谢，人见人爱。

城市的嘈杂和喧闹最终淡远成背景。

因为忙碌疲惫而粗糙的日子，从此便有了醇厚的诗意。

二　绿

雪迎来春风之后，便在炽热的阳光下消隐。

一滴绿。

一滴绿在赭黄的土地上晕开。

我看见四月的广场上，花艳。人乐。歌美。

我看见四月的农田里忙碌的棉农，黝黑的脸上挂着汗珠。

小区的榆叶梅绽放玫红色的花朵，涂亮一双双眼睛，蛰伏了一个冬天的心，醉倒在蜜蜂的嘤嗡里。

四月，我也忙碌着。

我站在一湖春水边，用相机拍下追随风筝的笑靥。

我坐在一窗秀色前，用文字记住体验春意的心语。

绿，在四月的石城集合。成为我们生活的主色调。

清新。安适。

满目的绿，是树们、草们的功劳。

绿，是我们这座小城美好的气息。

绿的灵动，吸引很多人从遥远的地方来，也让很多的诗人，倾注热爱和激情。

绿，颠覆了这片戈壁滩上的荒芜。

绿，丰满了我海阔天空的想象，我愿意自己就是一棵道旁站立的白杨树，在秋天落叶，在冬天的风中张望和坚守，在春阳下舒展鲜绿的叶子。

家常诗意的小城

是的,远方的朋友,我所在的这座边疆小城是一个有故事的小城,虽然她还年轻。

匆匆的车流,匆匆的人流,表情还来不及调整到最佳状态,也许让陌生的你感到小城有些矜持,但是,你放心,小城绝不冷漠。

那位卖水饺的店主立在门口,一声热情的招呼,会让你停住有些疲惫的脚步;心里因为陌生而产生的隔膜似乎变薄,是该安慰一下饥饿的肚腹了。你进店,坐下。一杯冒着热气的茶水就放在了面前。吃饱,算账,你会在心里感叹:还不错,货真价实,经济实惠。

太阳渐渐偏西。小城不少地方闪烁起红红绿绿的霓虹灯。宾馆的门前,往往有烤红薯的香味扑鼻而来,还有糖炒栗子,五香瓜子等各种小吃食,这些将使你一个人的夜晚并不感到枯燥和寂寞。走进宾馆的大门,有人招呼:欢迎光临。一声轻轻的招呼,会让你有归家的感觉。

烟火氤氲着家常气息的小城,这个时候,你对小城的最后的一点隔膜也许就如冰一样融化了。

看着街道两旁整齐的街灯，望着装饰一新的超市和商场、宾馆、美容店，我相信你的目光是激动的、热烈的。你也大可不必遵循经验丰富的朋友的忠告，"在外地，在城里，你最好别东张西望，最好做出一副就是此地主人的模样，否则……"，你尽管表露你的惊讶、你的欢呼，小城，这个来自五湖四海的人建造起来的地方，会非常包容和理解你，你的目光不需要戒备，你的心灵也不需要戒备，很快，那有喷泉的游憩广场、那两座圣洁的白色雕塑、那路两旁的白杨树，会让你感到那么的新鲜，那么富有魅力。你的内心也许渐渐生出几分崇敬。戈壁的明珠、沙漠中的绿洲，这些称谓都是令小城的建设者们骄傲的。

你一定会在那座表现了力与美的"军垦第一犁"雕塑前注视许久许久，然后，去探究和了解一点小城的过去。

寒凉的夜晚，一手拿枪，一手握锄的战士们栖息在简陋的帐篷或者地窝子里，外边常常有打破清梦的狼嚎。小城，就是这些可爱的人们，一点点地在砾石满地、红柳丛生的荒凉之地开拓建立起来的。

远方的朋友，你若是夏季来到小城，那么东边的新世纪广场一定得去看看。你可以选择两个时段去。

晴和的白日。蓝天白云下的广场，洁净，幽雅，疏朗。让你的目光不受局促，可以松弛，辽远。

明净如苏杭西湖的人工湖，水波荡漾，粼粼波光里倒映着四周的建筑物，有锦鲤在水中轻轻摆尾游过，吸引你的目光一直望向湖水的幽深处。游人不多，大多是外地的，本地的还都在家里、公司里、学校里忙碌着呢。修剪成各种姿态的风景树点缀在铺砌平整的道路两旁，她们安静，从不喧哗，只是立身站在那里，等待你从容地鉴赏、品评。她们知道，小城是个很有底气的小城，是不需要聒噪和过分渲染的。

顺着看似随意却独具匠心的曲折小径，走累了的你，可以在油绿的爬山虎掩映下的长椅小憩，回味整理一下你的心绪。

热烈的夜晚。夜幕降临的广场，绚丽，奢华，缜密。各色灯光编织营造一个梦幻般的世界。忙碌了一日的人们，穿戴齐整，扶老携幼，来到这广场上，或围湖而行，享受丝丝凉风，有爱玩的孩子钻进那颇有创意的巨大充气水球，在湖面上玩着让人惊呼的花样；或在广场的一隅随着音乐节拍滑动轻快的舞步；或有那声乐爱好者，则好不惬意地一展歌喉。

最热闹的地方，当属那座声名远播的音乐喷泉了。

夜空下，随着音乐喷涌而出的水流，翩跹起舞。时而刚劲有力，如壮硕的男子伸展臂膊，踢蹬腿脚；时而柔韧绵软，如曼妙的女子摇摆手腕，扭动腰肢；时而水流化作云雾，仿佛维吾尔少女脖颈上的纱巾，在风中舒展飘飞；被灯光注入红、黄、绿、蓝、紫的水流，挟裹着舞姿冲击着人们的视觉，随着人们的欢呼声夜晚的盛宴到达了高潮……

小城，无论白日的素面示人，还是夜晚的华丽登场，都蕴含着浓浓诗意。

宋人有诗语："寒夜客来茶当酒，竹炉汤沸火初红。寻常一夜窗前月，才有梅花便不同。"

一地清月，梅香扑鼻，寻常的夜晚，就不寻常了。那么，远方的朋友啊，当你亲眼领略了我们这座大漠边缘的小城风姿，你也许也会濡染上诗人的情怀，为我们的小城，添一缕诗韵。

新疆这么美，你不来看看？

　　我曾经多次举起手机，聚焦头顶的这片蓝天，聚焦那些蓝天上飘浮着的洁白云朵。我也曾多次在有着众多外地朋友的圈里骄傲地说："瞧瞧吧，我们新疆的天多么蓝，蓝天上的那些云朵多么白。"

　　这样如此重复的景观，如此直白骄傲的话语，竟然没有让圈里的朋友们厌倦。每次晒出那些以蓝天、白云为主角的照片，总是让他们惊喜，总是让他们留下一片艳羡的声音。而我，也从中得到了极大的满足和喜悦。

　　新疆的天空，无论哪个季节，在晴日里都是那么高远、空明。

　　冬日，雪后初晴。没有一丝云朵的天空，满是透明的蓝，蓝天映衬覆盖白雪的群山，一切是那么清新。这样的时刻，让人疲惫的芜杂，不由得被一双隐形的手悄悄拂去，心儿一下子豁达明亮起来。

　　而春夏秋三季，我最喜欢观赏有些云朵点缀的晴空。那些洁白的云朵，三三两两悠然躺着，或者坐着，如同老友举行着一场愉快的聚会，时而彼此窃窃私语，时而聆听某个人朗声的宣讲。而更多的时候，则如同好动的孩童，总是追逐着风儿跑，一会儿便不见了踪影，只留下从妈妈身上扯下的丝巾，飘浮在那里，丝丝缕缕，若隐若现。

我抬起头，眯着眼睛，望啊，望啊，自己仿佛就是一只燕子，轻快地飞着，飞着，去亲近天空中那些薄薄的轻纱。

我告诉过在 QQ 聊天时向我打听新疆的朋友，没有什么比在新疆漫步，看蓝天看云朵，在辽阔的大地徜徉花丛中更令人愉快的事情了。

旅游季，我和我的朋友们就亲赴那一场场花会：伊犁新源吐儿根乡野杏花海，伊犁霍城薰衣草花海，伊犁野罂粟花海，伊犁昭苏油菜花海，伊犁赛里木湖野山花……伊犁！伊犁！伊犁成了爱花惜花的我，一个永远的精神高地！

至今，还记得那次与紫色的精灵——薰衣草相遇的感觉。

薰衣草，嵌入我的意识时，我还没有亲眼见过，只是在网络里边看过拍客们展示的照片，那是一片紫色的花海；再就是，曾经教过的孩子，临毕业送给我一件珍贵的香薰炉外带一小瓶薰衣草精油。精美的花朵造型，花蕊里边藏着一个小小托盘，托盘下面是小小的灯盏。精油滴在托盘上，下面的灯盏亮着，温度升高烘烤着精油，便散发出香味来。由此，每每念着薰衣草这三个字，我便觉得这是三个紫色的芬芳的字儿。

赶赴与薰衣草的约会之前，我照例利用网络的便利条件提前做了做相关的功课。

伊犁与世界著名薰衣草原产地法国普罗旺斯的地理位置、气候条件和土壤环境非常相似，是全世界继法国普罗旺斯、日本富良野之后的第三大薰衣草种植基地，也是我国唯一的薰衣草主产地。其中的解忧公主薰衣草园已经通过国家 AAA 级景区审定，成为新疆首个薰衣草主题观光园。占地面积 220 亩的园区，由薰衣草生产加工区、薰衣草博物馆和薰衣草香草园三个部分组成，是中国首家汇集了包括薰衣草引种育苗、标准化种植、GMP生产加工、产品展示、大地景观、香草品种园以及薰衣草文化传播等薰衣草全产业景象展示的主题观光产业园区。

就这样，一路疾驰，一路畅想。终于，我站到了种满薰衣草的地边。放眼望去，大片大片的紫色扑进我的眼帘，撞进我的心怀。淡淡香味，沁入心脾。

蹲下身来，细细端详这植株，三五个七八个小小的花朵簇拥着，抱着柔弱纤细的枝干，热烈地绽开不大的花瓣儿。单个看，这小小的花儿并不出众，甚至可以用其貌不扬来形容，然而，就是这小小花朵汇成了花丛，花丛汇成了花海，却是那样的摄人心魄。花小，却不自惭形秽，兀自从容绽放和凋零。花小，却蕴含天地之精华，滋润肌肤，安顿心神。

一花一世界，一草一天堂。

轻抚着这小小紫色花朵，我的内心盈满喜悦。我觉得自己可以做这花儿的知己；抑或这花儿可引为我的知己。默默地，我又拿出手机，拍下这悠远蓝天下美丽的薰衣草紫色花丛。

那日，又有一位山东的文友，在网上问我，看到电视里边说大美新疆，新疆的大美到底是什么？

我略略思忖后，对她说，囿于才情和见识，也许具体说不清楚新疆的大美到底是什么，但我可以肯定地说，大美新疆这个字典里边，一定有蓝天、白云、花丛这几个词语。

新疆这么美，你不来看看？

提高现代文阅读和写作成绩的金钥匙

王莉作品
阅读试题详析详解

当时光精确到数字

　　看到一道很特别的算术题：一个年轻的妈妈22岁生下了孩子，朝夕相处了19年，孩子出外闯世界了。如今，他半年没有回家见妈妈。这个孩子算了一下，妈妈现在41岁，如果妈妈能活100岁的话，也就只有59年了。如果他再这样半年回家看她一次，母子就只有118次机会见面了。

　　我的心着实一凛。

　　还是和数字有关的。我给孩子们刚刚上完《再塑生命》这一课。这是那位眼睛看不见，耳朵听不见，口说不出的海伦·凯勒的文章。我要孩子们想一想：如果你的生命只剩下最后一天，你都会去干点什么？

孩子们有些不知所措。

你一定会去做自己喜欢做的事情，也一定会去见所有你想见的人，吃你想吃的食物，欣赏你想欣赏的风景吧？

孩子们对于我的引领提问反应强烈，纷纷点头表示的确如此。我告诫他们也告诫自己：<u>不要等到属于生命的数字被压缩到一的时候，才视之为宝！</u>

和爱人聊天。我问：无论男人还是女人，一辈子和谁生活在一起的日子多？

最初，他说是和父母，略想一下否定了：不对，工作之后就离开父母了。末了，他说，从恋爱到结婚到终老，几十年的光阴，夫妻生活在一起的日子最多。

计算让我们明确了一点，共同拥有的日子里尽量使彼此快乐些，这才算得上一个完整且不觉遗憾的人生。

时间的长河里，事实就是这样，当时光精确到数字的时候，让我们恍然惊觉，原本可以大把挥霍的生活，竟然枯干得令人心跳加速。它犹如一把锋利的尖刀，划开你的肌肤，让你有疼痛的感觉。

感谢时间给了我们这样的痛感，它提高了我们感知幸福的能力。

1. 结合语境说说"我的心着实一凛"的原因。
2. 文中画线句子的言外之意是什么？
3. 文中"和爱人聊天"的片断，给人们的启示是什么呢？
4. 文章最后两段在表达上有什么作用呢？
5. "它犹如一把锋利的尖刀，划开你的肌肤，让你有疼痛的感觉。"运用了什么修辞手法？有什么表达效果？

参考答案：

1. 通过算账发现母子见面的机会确实不多，作者为此而感到吃惊。

2. 开放题，言之有理即可。示例：我们要珍惜拥有的时间，好好生活、学习和工作。

3. 共同拥有的日子里尽量使彼此快乐些，这才算得上一个完整且不觉遗憾的人生。

4. 总结全文，点明中心，提醒人们要感知生活的幸福。（大意相同即可。）

5. 这句话运用了比喻的修辞手法。把无形的时间推移，比作锋利的刀切肌肤。无形化为有形，可触可摸，形象、生动、有质感。

香从静中来

我不知道我在所热爱的文字里能够走多远。当朋友把我两年来的心血打印出来，集成厚厚的一本交到我的手里的时候，喜悦及其成就感油然而生。

主编通过QQ发来了我那即将出版的书的封面和扉页。对于他们的设计我还是满意的。尤其是书的扉页，铺满淡雅的花朵，书名下面赫然一朵盛开的莲花。主编告诉我，书名定为《冰莲花》。

欣喜地看着，久久地，舍不得关掉这个网页。

这是我倾尽青春的热情穿越岁月的风尘找寻的那朵莲花么？

这是我遗忘了寂寞化合了生活的酸甜苦辣种出的那朵莲花么？

一时间，我百感交集。

莲，一直是我心仪的植物。

那年放寒假，大雪纷飞日。还是初中生的我倚在被剁上翻看着一大堆从语文老师那儿借来的书。在书里，第一次领略莲的魅力。杨万里的那句"接天莲叶无穷碧，映日荷花别样红"着实让我艳羡。看看窗外被雪覆盖得严严实实的山峦，不禁对满眼铺排着绿，满眼摇曳着风姿绰约的荷的花景充满了向往。王昌龄的《采莲曲二首》（其二）"荷叶罗裙一色裁，芙蓉向脸两边开。乱入池中看不见，闻歌始觉有人来"一诗则让我看到了一个田田荷叶之中、艳艳荷花之下采莲少女的美丽形象，那时，我就在想，我若是那采莲女那该多好，和莲能够零距离接触。而当我读到周敦颐的"予独爱莲之出淤泥而不染，濯清涟而不妖，中通外直，不蔓不枝，香远益清，亭亭净植，可远观而不可亵玩焉"，阅历尚浅的我，虽对此理解不甚深透，但莲的清雅洁净还是能够懂得的。莲便在我的心底生了根。我在自己的积累本上抄录了许多莲的诗词，自己喜欢还不算，还把许多的诗词口授给年幼尚未上学的小妹。一个假期，就这样快乐充实地度过了。

此后的日子里，在没有亲眼看见莲的芳容之前，我一直是坐在有关莲花的文墨里欣赏她的。得以看到莲的真容颜，还是在美丽的西子湖畔。那时，我和心爱的人，正旅行结婚度蜜月。因为我们知道，莲花亦称荷花。它那一茎双花的并蒂莲，是人寿年丰的预兆和纯真爱情的象征。所以浴着风中淡淡的荷香，我们以莲花为背景，拍下了一张张照片，以期我们相携相伴相爱永远。

那时，A 为了拍到睡莲花开的照片，我和爱人守候在满是睡莲的池塘边，静静等待。睡莲们闭着眼还在酣梦中，而我们热切的目光早已经把它们抚摸了无数遍。至今想起那等待花开的时刻，我仍然感到是那样的神圣和庄严。

一直以来，我认为不停地寻找，把自己的生命寄托于一种外物，是人生存的本能。

我们所有的人，因为寻找，让凡俗的日子活色生香起来。

B 我努力把尘世喧嚣的声浪挡在门外，白天耕耘在三尺讲台，夜晚在别人沉浸在电视剧的悲欢离合的时候，我或者埋首于书本，或者行走在文字里。

前些时候，因为颈椎病引起的一时难以抑制的眩晕，躺在床上静养时，忽然闻到茉莉花的香味，才知道放在客厅角落里的那盆茉莉如期开放了。我惊喜地告诉母亲，母亲却淡淡地喷道：你才知道啊，其实已经开了好几天了。

我奇怪自己怎么才闻到花的香气。母亲随口回了我一句：香从静中来。你整日里来去匆匆，难得安静，自然是闻不到的。

当时对母亲的这句话并没有上心，而现在，品着母亲这句话，似如醍醐灌顶。

莲的秉性就是沉静的吧，否则怎会有沉静如莲的说法呢？

香从静中来！

静静地做好自己的一份事情，不聒噪，你就能够从容地品到生活的真味，你就能找到属于自己的那朵美丽的莲花。

1. 阅读画线的句子 A。"抚摸"这个词是什么意思？静待花开的时候，为什么会感到神圣和庄严？

2. 阅读画线句子B。体现了我是一个什么样的人？

3. "香从静中来"，有什么深层含义？

4. 读了这篇文章，结合自己的实际，谈谈感悟。

5. "一直以来，我认为不停地寻找，把自己的生命寄托于一种外物，是人生存的本能。我们所有的人，因为寻找，让凡俗的日子活色生香起来。""寻找"的含义是什么？

参考答案：

1. "抚摸"，用充满欣赏和爱意的目光看了很多次。静待花开，因为是心怀美好祈愿的，所以感到神圣和庄严。

2. 我是一个热爱工作，热爱读书，热爱写作，珍惜时间的人。

3. "香从静中来"富含哲理。不急躁，不浮躁，安静地、专注地做事，一定会使自己的人生如莲花般馨香美丽。

4. 开放性思考题。言之成理即可。示例：生活中处处都有美，善于去发现、去体味，自己也就可以得到美的熏染。在美的升华中，完善自己的人生。

5. "寻找"是指生活事业中树立的目标理想，或者是努力的一个方向，为了理想，所做的一切准备，一切努力的过程，就是寻找。

2013，和生命跳一支舞

太阳不再升起，睁眼一片黑暗，南北磁极颠倒。

这是对末日的描述。

早在2012年还未步入我们的视线时,美国大片《2012》便为此濡染了非同寻常的色彩。

不过,影片的最后,给了人们以希望的"方舟"。

玛雅人给我们开了一个玩笑。

我们所有人,也没有处心积虑寻找求生的"方舟",也没有为自己是否有那张逃生的船票忧心忡忡,只当是经历了一个黑色幽默。

然而,作为一个喜欢在文字里记录和安放心情的我,再度阅读到这个描述的时候,内心还是会掀起不小的波澜。

<u>我想2012年12月21日那天,若真的陷入无边黑暗,生命就此画上句号,我一定会为自己曾经想做却未能做的事情而感到追悔。</u>

2010年暑假,我曾经陪我的母亲回到她日思夜想的故乡——广西。我们一起游览了有"甲天下"之称的桂林山水,穿行于桂林景区有名的溶洞,观赏那千姿百态的钟乳石。冒着零星的小雨,走在南方那满眼青幽幽的原野,我看见了垂吊着一挂挂香蕉的香蕉树,还有早年读了席慕蓉的《外婆的木瓜树》一文后就非常向往的木瓜树。我还领略了江南烟雨荷塘的美丽。如伞的荷叶间有粉色的荷花亭亭玉立,还有已经结了籽实的褐色莲蓬突兀撞入我的视线。我和它们留影,它们激荡起我美好的愿望,我这个原来只愿意静静地在家里看书写字的人,从此萌发了要把今后的有生之年里的闲暇日子交给这样的行走。

因此,我想像三毛那样,背着简单的行囊,游历心仪已久的凤凰古城,欣赏那烟波浩渺,迷蒙雨雾的一叶扁舟,循着濡湿清幽的石板小路,去拜那位描绘了诗意湘西的大师沈从文故居。

还想去探访被文友盛赞的水墨徽州……

我还想和爱人重温春天的故事。2012年的春天里，我和爱人回到一个叫三道沟的地方，站在山坡上，寻找曾经的家的痕迹。看着卧在青青草地上慵懒地嚼着草叶的牛，我想起了自己曾经放逐于山野的童年。春光烂漫的山野里，我和爱人，低头遍寻一种叫作荠菜的植物，并且回家用荠菜包了饺子。我还栽下了爱人送给我的一株花——君子兰，那天，是我和爱人拿结婚证的纪念日。

我还想和年迈的老爸相守，和他慢慢聊聊墨斗、凿子、刨子等木匠家什，聆听老爸絮叨他的那些陈年旧事。

我还想整理自己从教以来的心得随笔，出版一本署着自己大名的教学专著。

我还想调整自己的教学理念，打开孩子们的心扉，真正触摸到他们的喜怒哀乐，让我们因为懂得，所以乐学。

我还想继续沐浴书香，让文字滋养心灵……

细数这些未了的愿望，看看眼前太阳依旧东升西落，忽然一种劫后重生的心境油然而生。

玛雅人的末日传说，许给我这样一段特别的时光。让我触摸到生命最深处的深情和柔软。

想起朴树的歌："我从远方赶来，赴你一面之约……我是这耀眼的瞬间，是划过天边的刹那火焰……一路春光呀，一路荆棘呀，惊鸿一般短暂，像夏花一样绚烂……"

我曾经拿着相机去桃园，专门捕捉满地落红被风吹起，轻盈旋舞于空中的瞬间。理由很充分：绽放枝头的花朵，早已在尚美的人们眼里频频出镜。花朵憔悴零落之态，却寂寞在这喧嚣的红尘中，但它随时触目惊心地昭示：韶光易逝，生命匆匆。

花儿落了明年还会一样地开，生命却似风吹出来就不能再吹回。

默默地，我对自己说：2013年来了，不要因为工作忙碌而忽略年迈的父母电话里那声盼归的询问，不要因为人生失意而忽略了春暖花开风和日丽的恬淡温暖，不要用冷战争吵猜忌来填充有限的时空……

就让快乐填充时光的每一道缝隙，把幸福的表情嵌进新一年里的分分秒秒，和着四季的节拍，和生命跳一支舞吧。

1．理解画线句子的含义。
2．观赏到南方哪些美景？
3．玛雅人的末日传说对于我来说有什么意义？
4．怎么理解"花儿落了明年还会一样地开，生命却似风吹出来就不能再吹回"？
5．最后一段文字起什么作用？
6．六个"我还想……"的内容能否删去？

参考答案：
1．在活着的时候，就要好好地活。好好爱，好好做事。
2．桂林溶洞里的钟乳石，南方青幽幽的原野，原野上的香蕉树，木瓜树，雨中的荷塘，荷塘里的荷花，结了籽的莲蓬。
3．许给我这样一段特别的时光。让我触摸到生命最深处的深情和柔软。
4．生命之旅不可逆，逝去便逝去了。提醒要珍惜活着时拥有的一切。

5. 收束全文的画龙点睛之笔。升华了主题。

6. 不能删去。这六个我还想统领的内容，表达了在有限的时间里想要做的事情，具体表达了珍惜时间珍惜生命的愿望。

如果我也老了

回老巢（自出嫁后，我就把原来的家称为老巢了）看望父母。

饭后，自然是要抢着进厨房收拾杯盏碗筷，以尽做女儿的心意。本打算待收拾完后和母亲说说话，不料想，母亲却倚在沙发的一角，头微微低着，眼睛微闭，一副瞌睡疲倦的样子。电视机开着，正热播的韩剧，似乎也提不起母亲的兴致。轻轻推推，示意到床上去睡，小心着凉，但被母亲拒绝了，理由是，她只是打个盹而已。

父亲不知道什么时候出去了，不在房间。抬眼向窗外寻找，看见父亲，坐在楼后路边的水泥阶梯上，两手抱着半屈的双腿。仰着脸，看路上来来往往的人从自己眼前走过。

眼见着父母这样的情形，我最初多少是有些恍惚的。我不大相信，对任何事情都充满好奇心，都精神灼灼去探究一番的母亲，会一下子变得了无趣味。我也不大相信，那个边干活边哼唱苏联歌曲的父亲，那个一天到晚为了一点琐碎絮叨没完的父亲，会突然安静寂寞，面对儿女，也是一副失语状态。而当我明白过来的时候，泠泠凉意满溢在心间了。

A 衰老的父母，都很瘦。骨骼和皮肤之间的肌肉如同阳光下的积雪，被岁月消融得很薄很薄。母亲的牙齿已经掉光了，吃饭完全靠牙床磨压，才能使食物碎烂。父亲还有几颗稀疏的牙齿，但在吃饭的时候，也只愿意吃点特别细软的菜肴了。

　　B 岁月的烟火里，父亲、母亲老了。如同淋湿在秋雨里的树叶，随风无奈地飘落。

　　他们的衰老，让我对自己的生活有所警醒和思考。

　　审视自己的身体，肌肤还算光洁，头发黑而密，偶尔在缝隙里会发现有一两根白头发。眼神里还泛着激情的光彩。可是终究有那么一天，会如同父亲母亲那样老去。

　　可是，我可以肯定地说，如果我老了，我绝不要父母现在这样的生活状态。

　　观看老年秧歌队表演，看见邻居大娘身着红衣绿裤，手拿水红折扇，满脸喜气地踏着鼓点扭动着身体，我想，自己老了以后，若有这样一幅理想状态，也很好了。

　　人都说，人老了容易寂寞。如果我老了，我要让自己没有时间寂寞。

　　我可以去做自己年轻时想做，但没有时间和机会做的事情。少年时，参加学校文艺演出，因为声音好，胆子大，被导演老师重用。既当报幕员，又是合唱中的领唱。还曾梦想着将来当一名歌手呢。但命运的机缘没有让我成为歌手，而成为一名教师。我老了，可以自由支配自己了，我去文化宫找一位声乐老师，学习练声。美声或者民族唱法都行。或许还可以到星光大道闪亮登场呢。

　　我还可以和老伴静坐房间的一隅，把自己隐没在冬日洒进客厅的阳光里，微眯着眼，把原来无法静听的理查德·克莱德曼的钢琴曲，一首首在CD机上放出来，慢慢欣赏。走进《星空》，走向《水边的阿狄丽娜》。

或者还可以约上志同道合的老友，经常坐在一起聊聊天，回忆回忆童年，朗诵一下年轻时写下的诗文。

我曾扬扬得意地这样向母亲宣告我的计划。母亲看看我，很久没有说话。半晌才轻轻说，孩子，我们经历的是你所未曾经历过的，我们所感受的也是你所未曾感受的。时代的原因，我们来不及准备……

听了母亲的话，我忽然觉得自己有些残忍。我犯了一个严重的错误，我没有权力裁判父母的生活。

不过有一点，得感谢母亲，她提醒我，趁还年轻，要准备足够的智慧，足够的宽容和善良，更要准备足够的健康。这样，如果我老了，就可以从容面对衰老，过有滋有味的老年生活了。

1. 父母是一种什么样的情形？面对这样的情形，我是什么反应？
2. 赏析A和B两处的句子。
3. 我意识到"没有权力裁判父母的生活"，为什么？
4. 我认为怎样做才能过有滋有味的老年生活？
5. "我要让自己没有时间寂寞"是什么意思？

参考答案：

1. 母亲，歪倒在沙发，开着电视，打着瞌睡。父亲，坐在住宅外的路边看来来往往的人。

2．A：比喻的修辞手法。形象生动地写出了年老的父母变得很瘦弱。B：比喻的修辞手法。把父亲母亲衰老的样子比作淋雨的秋叶，饱含痛惜和不舍的情感。

3．因为我听到了母亲说的那一番话，发觉自己忽略了父母生活经历的时代的局限。

4．趁年轻，要准备足够的智慧、足够的宽容和善良、足够的健康。

5．"我要让自己没有时间寂寞"指的是老了也要做力所能及的事情，不虚度光阴，不让自己感到无聊。

永远的沙枣树

我喜欢仰望树，仰望这些算不得美丽的沙枣树。

第一次认识沙枣树，还是在前去探望生活在沙漠腹地莫索湾的叔叔的路上。

它生长在白花花的盐碱地上，给人以一种沧桑感。它的树干粗糙，仿佛老农那双因长期劳作而不得保养的皮肤皲裂的手。叶片是灰绿色，那"青翠欲滴"的词儿用在它身上，是绝对不合适的。暮春时节，这灰绿色的梗叶间，有米黄色花朵绽放。花朵也实在是太普通了，比米粒大不了多少，色泽极淡，似乎一阵雨水就可以把它那点美丽冲刷去。若不是它独特浓郁的香味儿，有谁会肯对它多看几眼呢？

这和榆叶梅、桃树、李子树相比，沙枣树实在是其貌不扬。当我把这样的感觉告诉叔叔时，叔叔脸上现出严肃的表情，他告诉我说，可是我们在农场这片土地上劳动的人，就指着它长精神呢！也许，是我还年轻的缘故，那时对于叔叔的话，并没有放在心上，更没有深思。

后来，在辅导学生学习写家乡风物的作文时，我便想起了这沙枣树。

上网查了关于沙枣树的资料，才知道这沙枣树实在是一种了不起的树。

沙枣树，在植物学上属胡颓子科胡颓子属，为落叶乔木。起别名有银柳，香柳，桂香柳，七里香。它繁殖能力很强，成活率高，无论播种，植苗，插苗，还是压条，根蘖分株，无所不可。即使是最朴实的根串三千里的芦苇草都难以存活"万物萧疏"的恶劣环境，它也能够扎根生长。

沙枣树，生长在瘠薄的旷野中，经受沙尘的历练，也在燥热的风中经受焦渴的熬煎。然而，沙枣树坦然地兀自生长着。虽然因为普通，常常被人忽视，虽然因为平淡，常常被人冷落。它不在乎别人的态度，它不会因为环境的改变而失去固有的本色。春天，萌出新叶，夏天撑起浓荫，秋天捧出果实。年年开花，岁岁芬芳。它随遇而安，贫瘠里，拼命为存活而抗争，丰腴中，又从容地安守清淡。

深思中，我恍然大觉：叔叔是农场的一位拖拉机手，没有干过什么惊天动地的大事业，只是开了一辈子的拖拉机。之所以能够年复一年，日复一日，以耕地和运输的方式过着自己平凡的日子，沙枣树，就是叔叔心中的精神肖像！

那日，我怀着莫名的情愫走进那座承载着兵团建设发展史的军垦博物馆。当进入那个著名的体现军垦创业年代的半景画展厅,看到那幅再现当年战天斗地的军垦战士火热生活的画面的瞬间,我仿佛一个虔诚的朝圣者,历经千辛万苦,在快要绝望的时候,一下子寻找到了自己朝思暮想的圣地,眼泪悄然涌出眼眶,喉头哽咽。

他们,唱着《南泥湾》,奋力拉动着犁铧创造了天蓝水清树绿的新天地的一群,不就像生活在瘠薄荒野的沙枣树么?

和这些军垦前辈相比,我发现,我活得就远远不如他们洒脱。风来了,雨来了,心情总是因之改变,更多的时候,把世界想得很复杂,为自己考虑得太多了点,于是,那个叫作"心"的容器里承载着悲喜,承载着世态炎凉,被人生的许多不如意折磨得寝食难安。

我想,生活在尘世的我,非常需要停下匆匆的脚步,仰望这沙枣树,在仰望中汲取保持淡泊从容的勇气。

1. 文中沙枣树是什么样子的?
2. 沙枣树具有怎样的个性特点?给我们什么启示?
3. 文章的开头和结尾有什么特点?
4. "永远的沙枣树"换成"高高的沙枣树""壮实的沙枣树"行吗?为什么?
5. 文末句中的"仰望"蕴含怎样的思想感情?

参考答案:

1. 树干粗糙。叶子灰绿色。开着比米粒大不了多少的米黄色小花。

2. 沙枣树具有抗击风沙和适应干旱恶劣环境的个性特点。它们随遇而安，安守清淡。给我们的启示是：从容淡定地面对自己的生活，平凡而不平庸，简单而不空虚。

3．开头点题和结尾再次点题，首尾呼应，结构齐整。

4．不行。永远，带着赞赏、歌颂之意，凝练地表达了沙枣树所具有的精神内涵。高高，壮实，则不能够清楚地表述主题。

5．"仰望"一词带着敬意、欣赏的情感。意味着被沙枣树所具有的精神打动，想要学习效仿。

浪　漫

看到我写下的这两个字，你也许会下意识地撇撇嘴：浪漫什么啊？房子不够大，存款不够多，工作压力大……日子过得一地鸡毛，断垣残壁，早已和浪漫绝缘。

其实，浪漫和钱的多少没有多大的关系。

假日偕同朋友徒步出游，天蓝蓝，山青青。走在蜿蜒崎岖的山间小道，边走边聊。即使是聊累了，都不作声了，盘腿端坐在青草坡小憩，一边用矿泉水就着喷香酥软的馕饼，一边打量着山梁上一群群牛羊，慵懒闲散地啃吃着青草，也还有随身带着的低音炮响着温情的歌声做背景音乐，瞧吧，连这网购来的低音炮都有一个浪漫无比让人浮想联翩的名字：不见不散。没有私家车可驾，不也照样可以享受这风吹鸟啼的自然生活么？

瘦削的日子，精神却是无限的丰厚，因为满足且有爱的心里总是会装着浪漫。

我和老公是凡俗人间最普通的人儿，住着简朴的房子，吃着粗茶淡饭，没有锦衣华服，但一朝一晚同出同归。早晨上班，每每看着老公把家里那辆半旧自行车搬出楼道，然后细细把后座擦拭干净，静静等我入座的时候，我都会对他说：这是我的宝马车，你是我最优秀最贴心的司机啊。我俩就这样一路飞奔一路戏谑驰进一大早就开始喧闹的校园……

　　朋友梅结婚即成了房奴，除了日常生活的开销外，每月要和老公还一笔不菲的房贷，可是生性开朗的她，并没有因此失去生活的品位。电视柜上摆着瓷盘，瓷盘里种着葱绿的蒜苗，鲜绿氤氲，和窗外的白雪残枝抗衡。客厅电视背景墙是自己用碎布头制作的工艺画。秋天到了，她会从集市上买回物美价廉的葡萄，自酿数罐清甜甘冽的美酒。有朋上门，亲自挥铲入厨烧几个拿手小菜，倾情招待，葡萄美酒夜光杯，引得朋友带着小酌之后的微醺直呼：谁说成"奴"之后，浪漫溜走？你这房奴也浪漫啊！

　　那是一个雨夜，我守候在电脑旁，一边等着在远方的儿子QQ头像亮起，一边听着齐豫的《莲花处处开》，浏览文友的博客，目光被一FLASH动画所吸引。一朵飘逸的白莲被放置在一个青色温润的瓷碗里，碗里一泓清水被几条红色金鱼拨弄得涟漪阵阵。白莲随波荡，鱼戏莲叶间，就这么着，音画契合，让我在这样一个瞬间体悟到浪漫的美妙，这浪漫只有在喧闹的尘世辟出的一方清净中才有的啊！

　　感谢造字的先知，浪漫二字，这带着水的两个字儿，莫不是向我们昭示：把心儿放进清纯的水里浴洗去膨胀物欲的躁气，多一些满足安稳的静气，<u>将自己那些如星星般散落在各个角落的热情，收聚内敛为一枚小太阳，慢慢向自己平淡但有趣的生活散</u>

<u>发微茫。</u>

1．没有钱的浪漫是偕同（　　），走在（　　），看天（　　），山（　　）。没有钱的浪漫是把半旧的自行车看成（　　），没有钱的浪漫是种（　　）与窗外的白雪抗衡，没有钱的浪漫是自制（　　）招待来访的客人。

2．填空完毕，说说这样的浪漫对你的启发？

3．说说画线句子的含义。

4．房奴的浪漫具体是指哪些？

参考答案：

1．朋友　山间小道　蓝蓝　青青　宝马　葱绿的蒜苗　葡萄美酒

2．这样的浪漫，是生活中寻常可见的，举手可得的。生活中不缺少浪漫，但往往又被大多数人所忽略。怀一颗热爱生活的心，用眼睛更是用心去发现生活中的诗意浪漫。

3．对生活有热情，热情点燃浪漫，浪漫助长热爱。

4．电视柜上摆着瓷盘，瓷盘里种着葱绿的蒜苗，鲜绿氤氲，和窗外的白雪残枝抗衡。客厅电视背景墙是自己用碎布头制作的工艺画。秋天到了，会从集市上买回物美价廉的葡萄，自酿数罐清甜甘冽的美酒。有朋上门，亲自挥铲入厨烧几个拿手小菜，倾情招待，葡萄美酒夜光杯。

在冬天的缝隙里

仍记得那个发生在冬天缝隙里的故事。

那日,密集的鹅毛雪花,漫天飞舞。上完教师培训课后,我去饭馆吃饭。站在饭馆门口,看到雪,我有些忧郁。尽管饭馆那好吃的汤饭,驱散了刚刚在街上行走熏染的寒气,可是心里还是有些忧郁。

还在惦记着乘坐公交车路过一个十字路口看到的那三个人。

那三个人,蓬头垢面,穿着已经看不出是什么颜色的衣服。他们坐在他们的"家"里。确切地说,他们的家是在粗大的供热管道下面的一个低洼处。三个人中,似乎有一个是女性,长长的头发遮挡着她的脸,她正吃着东西。两个男人,一个坐着,也在吃东西。另一个躺在铺着纸壳子的地上,脸上挡着一块纸壳子,身上盖着一件破大衣。

本来想看个究竟,无奈行进的公交车还是扯断了我的视线。不甘,于是问同路的朋友,看到刚才那三个人么?朋友答,看到了。怎么?朋友有些不解地看着我。

我说:没有什么。只是问问。我怕朋友再笑我太感性,故意淡淡地说。

回到大学教室里继续听课。老师绘声绘色地讲着现代文学,参加继续教育培训的中学教师们认真地记着笔记。窗外的雪仍然在下。

我的心莫名地烦乱着。终于索性扔下笔,伏在桌子上。我知道，我的心里还惦记着那三个人。

关于那三个人，我还不知道他们的底细。但莫名的直觉告诉我，他们的家里或者他们自身有了变故，要不，怎么好端端地不回家？疑惑家人怎么没有把他们寻回家去？

下课了，冬天的天短，天空已经暗黑一片。雪也停了。

我的担忧非但没有减轻，反而更加了几分。因为，下雪后的天气会更冷，那三个待在供热管道下面的人能扛得住近零下三十度的寒冷吗？

在大学的培训还没有结束，我照例要乘坐公交车经过那个路口。我把视线投向那里。还好，雪光映照下，三个人还在。正坐在一起吃东西。

我的心情一下子好起来。指着他们，向同路的朋友赞道：瞧，那三个人多能扛啊。不像我们里三层外三层，包裹得如同粽子一般。朋友也附和道：真的是啊，他们的体质超好啊！

在一种说不清道不明的感觉支配下，我趁听完课出去找饭馆吃饭的当儿，步行到那个路口探看那三个人的"家"。

时值中午，太阳晴好。三个人不在。低洼处散乱的雪中，摆着几个破纸箱，和两床露着棉絮的破被子。几叠旧报纸，有几张被风吹散，在风中瑟瑟作响。

两个小号的黄色搪瓷盆，一只大瓷碗，碗口上有几个豁口。还有两个罐头瓶子，其中一个里边还有些水，已经结了冰。

望着眼前的这一切，我有些仓皇地离开了。在后边几天里，我下意识地在行进的公交车上将自己的目光投向那三个人住的地方。疑惑的是，再没有看到他们的踪影。

跟朋友重提这个事情，朋友说，唉，真是这样又能怎么着？你能够救他们吗？送衣服？送点食物？能救他们一时，能管他们一世？我想反驳，但终究张了张嘴，什么也说不出来。

朋友的话，说服了我心中刚刚萌出的那点关注弱小的芽。

而如今，时序已经翻过了五个冬天了，可是这一页，不知道为什么在我的心里始终都沉重得翻不过去。

1．看到雪，我有些忧郁，吃了好吃的汤饭，心里还是有些忧郁。这是为什么？

2．三个人的"家"在哪里？依据这情形，你判断一下这三个人是什么情况？

3．看见雪光映照下三人在"家"里吃东西，我为什么心情一下子好起来了？

4．画线的句子是运用了什么表现手法？起什么作用？

5．理解文末段落的含义。

参考答案：

1．担心在十字路口看见的那三个生活在寒风里的人。

2．三个人的"家"在粗大的供热管道下面的低洼处。四面没有任何遮挡。这三个人也许不是正常人。他们或许是离家出走多日，和家人也失去了联系。

3．心情好起来的原因是三个人还好好地在那儿，没有被冻死。

4．画线的句子运用了细节描写的手法，客观描述了三个人的家。冷静的描述中，蕴含着作者的关切、同情、悲悯。

5．为自己没有尽一己之力而懊悔。

外婆，我给您点一支烟

又是清明时。

我把我的怀念，遥寄给在六年前的春天离开我们的老外婆。我庆幸，我还能够在文字里安放我的这些思绪和情感。

我的母亲是南方人，离开故乡在西北扎寨，外婆则一直和我的老舅生活在一起。地理原因，外加其他种种因素，我终究没有亲见过外婆。我对外婆所有的认识仅仅来自母亲感伤的回忆，还有几张外婆坐在老舅新建的三层小楼晒台上照的相片。

外婆姓陈，嫁给李姓人家，生过五个孩子，但只养活了三个女儿。我的母亲是外婆生的第三个孩子，也是外婆活着的孩子中的老大。

外婆不识字，却嫁了一个识文断字的老公。我的外公，却恰恰因了这识文断字而不安分，站错队，走错路，最终撒手西去。那时，外婆还很年轻，本可以再嫁的，但不知为何，李氏家族给她过继了我母亲大伯家的男孩当儿子，她从此就守着三个女儿和这个过继的儿子过日子，直到终老。

我的拙笔，也只能笼统地记下外婆的人生过程。然而，在痛与怀念的意识里，外婆的影像，却异常清晰起来。

外婆一双超乎寻常的大脚踏着一双木屐，双手拢在宽大的袖筒里，立在屋子火笼旁，侧耳听着门外的动静，兴奋地呼唤着孙辈们的小名，然后目光追随跨进门槛的孙儿，呵呵地笑着；抑或坐在一把老旧的竹椅上，静静地抽着水烟。粗大的指关节，突兀在那杆光滑的水烟筒上，诉说着曾历经的艰辛。静寂中，只听得水烟筒咕噜噜地发出声音。

仍记得第一次听母亲说老外婆抽烟时的那种兴奋和惊奇：一个女人，一个整日里在稻田里忙活，还要忙着照料孩子的孤身女人，会抽烟？

发出这样感叹的时候，我十五岁。

而现在，当我为人妻，为人母，当人生不由分说地把沧桑悲喜都灌注到我生活的角角落落之后，我才读懂了外婆。

人生被罩入孤苦守寡的阴霾之后，外婆，竟然没有逃逸，没有让自己一生的时光沉溺在命苦的悲叹中。她没有时间，她得用女人柔弱的肩膀，撑起男人撇下的家，得用母爱呵护三个女儿幼小的心灵，得用勇气担当起延续李氏家族血脉、守住田产的重任。

寥落寒树伤心碧，伶仃木棉寂寞红。一个个孤独寂寞的夜晚，外婆在灯下或者翻拣稻种，或者在那张古老的织布机旁，把那一条条细麻线排列集结成一匹匹长长的粗布；抑或一个人坐在竹椅上，默默捧着水烟筒，咕噜噜地抽着。

外婆以抽烟的方式，排遣内心的苦楚和寂寞，也正是以抽烟的方式，为自己剪一枚太阳照亮人生无望的旅途。

苦难中，外婆历练得宽怀仁厚。安恬淡泊的品性，让我的老外婆活到了九十岁高龄。2006年的春天，我的外婆无疾而终。

天堂里有烟吗？

外婆，就让我给您点一支烟吧，在这春天，在这清明的雨夜里，寄给遥远又遥远的您，送上我，您的外孙女对您的怀念，对您作为一个女人面对生活的坚忍的敬佩和礼赞。

1．外婆遭遇了什么样的生活变故？她的人生态度是怎样的？

2．赏析画线的段落。

3．外婆为什么抽水烟？

4．外婆是一个怎样的人？

5．"人生被罩入孤苦守寡的阴霾之后，外婆，竟然没有逃逸，没有让自己一生的时光沉溺在命苦的悲叹中。"一句中，删去"竟然"行不行？"竟然"一词有什么感情色彩？

参考答案：

1．很年轻的时候就守寡。守着三个未成年的女儿和一个过继的儿子生活。日子孤苦，但外婆没有逃避，而是勇敢地撑起家，耕田种地，苦度光阴。

2．动作描写和一个关于手关节的特别描写。生动地呈现了一个恬淡仁厚的老人形象。

3．外婆抽水烟，是排遣内心的苦楚和寂寞，为自己剪一枚太阳照亮人生无望的旅途。

4．外婆是一个宽怀仁厚，安恬淡泊的人，又是一个勇敢坚强的人。

5．不能删去。"竟然"，有惊讶、赞叹的情感色彩。

辣妹子

辣妹子是学校附近凉皮店的老板。叫她辣妹子，一来是因为竖在凉皮店的那块招牌上书"辣妹子凉皮"；二来是因为她来自四川，操着一口浓重的川音，所用做调料的辣椒，全部是从四川弄来的朝天椒。

每次感觉吃什么都没有胃口的时候，我总喜欢到她的店里要上一份凉皮。当凉皮里辣子辣得我嘴里嗞嗞吸着凉气，鼻子尖泌出细小的汗珠，我便觉得过足了瘾，食欲大增。

每次去吃凉皮时，免不了聊上几句，日子久了，我便与她熟识了。说话间，我喜欢看她有条不紊地忙碌。有人要凉皮了，她便迅速抓起几张凉皮，操起刀当当地风一般切过，然后细声问：带走还是在这里吃？若带走，她立马将切好的凉皮装进食品袋，随即捻起一个小点的食品袋，拿起小勺，分别在一字排开的调料碗舀起调制好的蒜汁、辣油等调料，再轻轻转动小袋子，然后，麻利地在袋口打个结。一次，我悄悄看着表，测了一下她从切到装到打发顾客离开的时间，惊讶地发现，这个她每天不知要重复多少遍的程序，竟然用了不足三分钟。我夸赞她："这么快啊。神速！"她呵呵笑着："不快不行啊，人等着吃哩。我要挣钱生活哩。"

辣妹子，皮肤细白，嘴角和眼睛始终都漾着笑意。最让我叹息的是，她那双有着葱节般修长手指的手。盯着她忙碌不停的手，有时我甚至想，这双手，若是在钢琴的黑白琴键上弹跃的话，一定能弹出最美妙动听的曲子来。

可是事实上，她的这双手在刀板间滑动已经有三年的历史了。

从四川山区走出来，到新疆打工的辣妹子，高中毕业是拿到了大学录取通知书的，省吃俭用的父母也凑够了一年的学费，不料在这个节骨眼上，父亲在农田里做活时，闪了腰，去医院体检时，意外地发现已经得了肺癌。学是上不成了。她和哥哥四处求亲告友借了钱给父亲看病，但终究还是没有救下父亲的命。面对着厚厚一叠欠账单子，她抹干眼泪，决定投奔新疆的一个远房亲戚，她要打工还账。

"我需要坚持。我要把借亲戚们的钱还上。他们也不容易。"一次，辣妹子说到激动处，还拿出来一个随身装着的本本。

辣妹子的本本上，记的大多是采购了多少面粉、清油之类的账。其中一页上却罗列了大约二十几个人的名字，一些名字后面已画了对钩。她解释说，她每次还一个人的，就在后边打个对钩。

"有时候累了，烦了，我就拿出来数数上面的对钩……"辣妹子给我说这句话的时候，似乎有些不好意思，白皙的脸上现出一抹红晕。

自从了解了辣妹子的这些经历，我不由对她心生敬意。生活的苦，从她的嘴里讲出来，显得并不那么沉重，反倒显得有些轻松随意。

辣妹子，真是够辣的。为了多挣钱，除了做凉皮卖之外，她买了一个电烤炉，烤鸭子卖。我问她，做凉皮卖凉皮已经累得够受，又搞烤鸭卖，能受得了吗？她微笑，话也说得直接："我需要钱，需要更多的钱。"

买电烤炉的钱，其中一千元钱是我借给她的。当时，她张口向我借钱，我觉得她有些唐突，毕竟我和她萍水相逢，我只是常来她小店的顾客而已。望着她那张诚恳的脸和有了钱一定先还上的承诺，犹豫再三，最终还是借给了她。

我照例经常光顾辣妹子的凉皮店，有时候放学路过，顺便买一只她的烤鸭带回家。一次，和学校几个老师一块出去吃凉皮，我竭力建议他们去辣妹子凉皮店里吃，他们还笑我，是不是辣妹子凉皮店的"托"呢。当我把辣妹子的情况告诉他们之后，大家都不再言语，默默跟着我去了辣妹子的店。从那以后，办公室里牢骚怪话的声音似乎销声匿迹了，安心坐下来钻研业务的人多了。我知道我们生活的激情和善念在蛰伏了很久之后，是被这个叫作辣妹子的女子唤醒的。我还曾为自己能够帮辣妹子小小的忙而内心有少许沾沾自喜呢。

　　然而，事情到后来却发生惊人的逆转。一个暑假之后，我忽然发现辣妹子的凉皮店竟然门窗紧闭，门口的招牌也不见了。急问旁边菜店的老板，菜店老板对辣妹子的去向一无所知。

　　我把这事悄悄告诉要好的女友，女友惊呼："你被那川妹耍了。知人知面不知心，说不定她的那些所谓苦难经历都是瞎编的。"

　　我内心里是不同意女友的说法的，但眼前的事实，又让我无言以对。

　　秋风起了，辣妹子凉皮店前的几棵白杨树开始飘落叶子了。辣妹子仍然没有一点消息。每次走过，我还是习惯性望望那扇紧闭的门，幻想着门突然打开来，从里边走出笑吟吟的辣妹子，招呼我说：大姐，快进来坐会儿。

　　就在我也开始怀疑自己对事物的判断力的时候，我接到了辣妹子从四川打来的电话。原来，辣妹子是突然接到母亲病危的电话匆忙关店离开的。哥哥喊她回去见母亲最后一面。我的电话和准确的通信地址还是她通过远房亲戚辗转打听到的。她告诉我，待处理完后事，还要回新疆继续做凉皮生意。至于借我的一千元钱，已经汇出，让我注意查收。

放下电话，我那七上八下的心也终于放回肚子里了。与此同时心生感慨：谁是不向生活低头的强者？谁能做到人穷志不短？辣妹子应该算一个吧。

1．赏析画线文字。
2．辣妹子是个什么样的人？从文中哪些地方看出来的？
3．辣妹子向我借钱时，我为什么有些犹豫？
4．辣妹子身上具有的品质对我们有什么影响？结合自身实际谈谈。

参考答案：
1．辣妹子的动作和语言描写。塑造了一个干活利落，技艺娴熟勤劳的女性形象。
2．从辣妹子干活的动作描写看出她是一个勤劳肯干不怕吃苦的人。从她辍学投奔新疆亲戚开店挣钱可以看出她是一个不向命运低头坚强的人。从辣妹子的记账本，打电话说明情况，汇款还钱的事情可以看出辣妹子是个守信用讲诚信的人。
3．辣妹子向我借钱，一方面数目不小，另一方面，毕竟萍水相逢，并不完全了解底细。第三，俗世反面事件的影响，冲淡了彼此的信任感。
4．开放性题目。可选择一到两个点来谈，言之成理即可。示例：遭遇不幸，被迫辍学的辣妹子，打工还钱的勇气和做法，让我们觉得，一个人若是坚强起来，还有什么过不去的呢。

1983年的红灯笼

西风飒飒，雪花儿飘飘洒洒，让冷得缩手缩脚的冬天，多少显得灵动些。距离年还有几天，但街边的店铺里边已经洋溢着年的气氛了，红红的灯笼格外耀眼。

大红灯笼高高挂，欢欢喜喜过新年。红红的灯笼，濡染了我深深的记忆。其中有那么一盏，特别亮，特别亮，那就是1983年的那盏红灯笼。

一进腊月，父亲就开始忙活了。收集了许多的竹子扫把上折断的竹条，还买了不少红纸。

母亲和我们姊妹四个，对于父亲的这些举动有些诧异，但也不便多问。

那时，父亲在我的印象里很少有好脾气的时候。家里很小的一件事，都极有可能是一场风波的导火索。还记得，我那时特别喜欢养花，在一位老阿姨那里剪了一支粉色的月月红，种进一个漏了底的盆子里。在我的精心呵护下，月月盛开，甚至冬天窗外白雪皑皑，她也照样盛放着粉嫩的花朵。父亲见了，也啧啧称好。然而，在一次父亲翻找东西时，大概嫌碍事了，盛怒的他踹翻了盆不说，花也被连根拔起扔在地上，用脚搓捻成了一摊绿泥。我吓得不敢吱声，只是为心爱的花，默默地流眼泪……

终于，我们看出了端倪。

那天下午，母亲在锅台前炸麻花，我和妹妹们在一旁帮忙搓麻花。父亲似乎心情不错，坐在当屋一边哼着俄罗斯民歌小调,一边将那些竹条盘盘弯弯,然后拧上铁丝加固。

"哇,爸爸,你是要做灯笼吗?"小妹兴奋地问。小妹自小受父亲疼爱,自然只有她敢问父亲了。

"是啊。今年过年,咱们家也在门口挂一盏红灯笼。"

"哦?爸爸,那以前咱们家怎么没有挂呢?我们想买炮放你都不让。"

"那是过去啦。从今年起,以后咱们每年都挂灯笼,也允许你们买点鞭炮放放。"父亲摸摸小妹的头说。

"为什么呢?"小妹扑闪着大眼睛,盯着父亲问个不停。父亲小心地展开红纸,一圈圈地粘在灯笼骨架上,完工后,捧起灯笼左看右看,感觉满意后放下来,才顾得上回答小妹的问题。

"你看看,你妈养的八个月的猪,杀了将近一百公斤,咱们面口袋也满满的了,还有你姐姐工作了,还当了老师……"

平时不善言谈的父亲,那天打开了话匣子。看着说话时,长满络腮胡子的脸上泛着光的父亲,我一时间觉得,父亲还挺帅的呢!

要吃年夜饭了,父亲吩咐弟弟在院子里放鞭炮,要我和大妹妹帮助他把对联贴到门上,然后又把那盏父亲亲手做的红灯笼挂在屋檐门头上,小妹去拉了灯绳,霎时间,门前红亮亮的,引得邻居都跑出来看。

饭桌上,父亲端着酒杯说:"日子好了,我的脾气也得改了。重要的是,我的莉莉(我的小名)工作了,还是老师。"

我望着父亲,心里说:"是啊,我工作了。可以帮你分担家庭担子了,是该庆贺一下啊!"

时光飘远。历经生活中的酸甜苦辣咸之后,每每回想这些过往，我忽然觉得父亲的坏脾气，不是没有缘由的。想想看，供应的口粮还没有到月底就空了，而家里几张嘴要等着吃饭，一个人挣几十元钱的工资，而要供应四个孩子上学吃穿用度……这些想想就让人脑袋疼的事情，压在人身上，哪里还会有好的脾气呢？不挂灯笼，不买鞭炮，其实也是为了省钱起见啊！

常听父亲讲：年几天就过完了，这日子长着呢！这话，掂量起来，真的是有点分量的。

那日，跟已经八十多岁的老父亲提起这1983年的红灯笼，他竟然说他都不记得了。我有些遗憾，可是爱人说，你记得不就行了么？

是啊，我自然不会忘的。我哪里能忘记呢？1983年，是我参加工作的第一个春节，从那以后我可以分担家庭担子了，父亲是为我挂起的一盏红灯笼啊！

1. 第一段写什么？起什么作用？
2. 父亲坏脾气的缘由是什么？有改变吗？
3. 不挂灯笼不放鞭炮的父亲，为什么在1983年春节放鞭炮挂红灯笼？
4. 我为什么不能忘记这盏红灯笼呢？
5. "其中有那么一盏，特别亮，特别亮，那就是1983年的那盏红灯笼。"如何理解这句话？

参考答案：

1. 第一段渲染过年前的气氛，为下文做铺垫。
2. 父亲的坏脾气来源于家里供应的口粮还没有到月底就空了，而

31

家里几张嘴要等着吃饭，一个人挣几十元钱的工资，而要供应四个孩子上学吃穿用度……随着生活质量的提升，有明显的改变。

3．1983年春节是个特殊春节，这一年，日子好起来了，我参加了工作，做了令父亲自豪的老师。

4．这盏红灯笼是家庭好日子开始的体现，是父亲好心情开始的标志，是浓郁亲情的体现。

5．这是一盏特别的灯笼。连着美好的记忆，美好的亲情，永远不会忘记。